科学少年三部曲系列科幻小说

北京市科学技术协会科普创作出版资金资助

弗林效应

THE FLYNN EFFECT

郑军 著

1

金城出版社
GOLD WALL PRESS
·北京·

图书在版编目（CIP）数据

弗林效应 / 郑军著 . —北京 ：金城出版社有限公司，2021.12
ISBN 978-7-5155-2155-8

Ⅰ . ①弗… Ⅱ . ①郑… Ⅲ . ①幻想小说－中国－当代
Ⅳ . ① I247.5

中国版本图书馆CIP数据核字（2020）第262613号

弗林效应

作　　者　郑　军
责任编辑　张礼文
责任校对　丁洪涛
责任印制　李仕杰
开　　本　880 毫米 × 1230 毫米　1/32
印　　张　6
字　　数　100 千字
版　　次　2021 年 12 月第 1 版
印　　次　2021 年 12 月第 1 次印刷
印　　刷　天津旭丰源印刷有限公司
书　　号　ISBN 978-7-5155-2155-8
定　　价　36.80 元

出版发行　**金城出版社有限公司**　北京市朝阳区利泽东二路 3 号　100102
发 行 部　(010) 84254364
编 辑 部　(010) 84250838
总 编 室　(010) 64228516
网　　址　http://www.jccb.com.cn
电子邮箱　jinchengchuban@163.com
法律顾问　北京市安理律师事务所（电话）18911105819

目录

第一章

恶　　童

“当今时代，最可怕的思想不是恐怖主义，不是种族主义，而是超人主义！”

今年满 40 岁的韩津，做过多年电视节目主持人，颇能掌控现场氛围。抛出一个陌生词汇后，他就停下来，让观众的目光都集中在他身上。他面前坐着的不是成功商人，就是知名作家，大多比他年长，却把他奉如神明。

不仅因为韩津名气大，他还像一位先知，知道人类的未来该怎么走。

至少，他们认为他知道。

“那些超人主义者是谁？他们都在科研圈子里，有外国人也有中国人。他们共同的诉求，就是用新技术改造人体，幻想能让人增强体能、提高智力、延续寿命……”

“延续寿命……这不是很好吗？”接话的人叫郭晋龙，五十岁出头，金龙食品公司创办人，也是韩津的主要赞助商。金龙食品公司的主要消费群体是老年人，延年益寿是他们喜欢的话题。

“呵呵，‘长寿’听起来确实很美。不过，天底下没有抽象的寿命。一个人要想过外部世界那种生活，一年得消耗多少资源？”

没有人点头。他们如果知道答案，就不用跑这么远聆听韩津的演讲。韩津站起来比画着，辅以夸张的表情。这里没手机，没电脑，没投影仪，他只能用肢体语言增强感染力。

“每个中国人多活一年，就要消耗600公斤钢铁，5桶石油和400立方米淡水！”

“我一年能用那么多水？”一个白发苍苍的听众表示不解。

郭晋龙常听韩津演讲，立即替他回答：“韩老师不是指生活用水，把生产用水都加上，再由14亿人平摊，就是400立方米。韩老师，我说得对吧？”

韩津点点头：“不错。这也只是今年的人均用水量。以各位的经历，都知道几十年前是什么水平吧？”

听众频频点头，一脸恍然大悟的样子。

“只要这条上升曲线不变，10年、20年，所有消耗都会变成天文数字。朋友们，长寿就是人类的原罪，一种隐蔽的恶。因为他们要追求这种目标，所以我才说，超人主义是一种邪恶的思想。”

韩津正要进一步阐述这种歪理邪说，年轻助理走进来。他叫方喆，研究生毕业后没去求职，跑来给韩津当助理。方喆绕过听众，把嘴附在韩津耳边：“老师，杨真来了。”

“走过来的？”

方喆一边点头，一边抹着额头上的汗。为抢在杨真前面报信，他骑自行车疾行数百米。

“不好意思，我有急事要处理，麻烦各位先回去吧。”韩津低声向听众表达歉意。

这些人专程跑来，就是想聆听韩津的教导，正在兴头上，都不想就此中断。

“这位杨先生也是同道吗？给我们引荐一下吧！”郭晋龙实在不想走。

“她是女士，老朋友——不过她是警察，可能不太方便。”韩津支吾道。

听到“警察”二字，郭晋龙不再追问，冲众人做“出去”的手势。众人见郭晋龙都不能留下，便迅速收拾物品走出门，分散到周围的田野里，和普通游客混在一起。

这是一座刚刚建成的北方传统农场。当地农村已经不允许生产黏土砖，韩津专门请出歇业多年的老石匠，从附近山区找来石材，自行搭建。周围还有几座类似的房舍，围成一个大院。门口挂着牌子，上书“生活 1900 生态园”。

这里就像时光胶囊，没有电线，没有公路，也没有附近举目可见的塑料大棚。韩津和他的信徒把这里称为“圣地”，以区别于周围弥漫着消费主义毒气的“外部世界”。

时值早春，很多半人高的粪堆堆在田里。远处，任职于高科技犯罪侦查处的杨真悠闲地走过来。她被这些粪堆吸引，驻足观看。

“这是你们储存的粪肥吗？”见韩津走来，杨真远远地扯着嗓门问。

“是啊，百分之百的有机肥。你没见过这阵势吧？”

杨真在城里出生长大，即使路过农村，也没见过有人这样处理肥料，非常好奇：“为什么要堆起来？”

“粪肥在施用前得发酵，呵呵，我的城里客人。”说话间，韩津走到杨真面前，半揶揄半开玩笑地解释着。这个生态园里不允许使用化肥，从建成起，他们就成了附近公厕的主顾。

“我还以为淘出来就洒到地里呢。”杨真撇撇嘴，故意给韩津创造卖弄的机会。

果不其然，韩津一边走一边介绍农家肥的传统处理过程：“这种技能，别说城里人，农村年轻人都不会。对了，你这次来是——”

“专程感谢你啊，你是警民合作模范嘛。”杨真来到石头院，走进石头屋，打开公文包，抽出一张奖状，“知道你不爱玩虚的，就没请你参加表彰大会。梁处长让我亲自把奖状给你送过来了。”

最近，高科技犯罪侦查处连破几起大案，韩津都提供了重要情报，发张奖状是应该的。

韩津与几个出资人合伙租下这片农田，把它建成田园式生活体验园，取名“生活 1900 生态园”，规定园区里不许出现公元 1900 年以后出现的任何科技产品。游客要把车停在大门外，交出身上携带的所有电子产品才能入园。园区工作人员也必须无条件遵守这些规则。进入这片 3000 亩的“世外桃源”，交通基本靠走，通信基本靠吼。

石屋内，方喆拿走茶几上散乱的杯盘，给杨真换上新茶具，然后退出房门。

杨真与韩津有一搭没一搭地聊家常。

“你家老江在忙什么？”韩津问。

“为国效力呗！”

“能具体点儿吗？”

杨真把手指竖在唇前，做出噤声的手势。韩津便不再往下问。杨真男友江志伟是机器人专家，研发高端科技产品，工作内容必然涉密，不是韩津这个民间网红能随便过问的。

杨真反问：“你家李瑾呢？”

“去海外拍电视片。”

“什么时候吃上你们的喜糖？”

“恐怕吃不到喽！我们不是当着大家的面发过誓嘛，只恋爱不结婚。”

从各自的恋人聊到眼前的工作，从“生活1900生态园”的营业额到眼前这座山寨版农庄用什么石料，他们海阔天空地聊着。聊着聊着，韩津像忽然想起什么似的，话锋一转：“测智商是你的专业吧？国内这个领域，哪个机构水平最高？”

实验心理学是杨真读本科时主攻专业，考研后改修犯罪心理学。虽然当警察不需要给别人测智商，但她对这种技术并不陌生。

她想了想，回答说：“当然是中科院心理所，要去检测的话得排队。其他如北师大、华东师大也行。你要给谁检测？”

韩津没回答，起身出门，在候在院子里的方喆耳边低语几句。

很快，方喆把一个小男孩领进石屋。小男孩穿着不合体，显得他很瘦弱。他的眼睛又圆又亮，让杨真不由自主地想起希望工程那张著名宣传照上的女孩。

“沙阳，来，叫杨老师。”韩津说。

此时的杨真身穿便装，一脸微笑地看着沙阳，显得和蔼可亲。

沙阳怯生生走过去：“杨——杨老师好！”

杨真看得清楚，沙阳身上的衣服是捐助的成人服装，经过简单剪裁，极不合体。她轻声问道：“小朋友，你多大了？”

“10岁。”

沙阳不仅矮小，而且面带菜色，身高看上去像城里8岁的孩子，气质上更逊一筹。

杨真四下看了看，屋里只有一摞韩津用来赠送游客的自传。她从里面挑出两本，举到沙阳面前，问道：“小朋友，你看看，这两本书的封面有什么不同？”

沙阳左看右看，为难地摇摇头。两本书虽然是同一版本，但是左面那本封面上有道褶，属于装订失误。

杨真没有对沙阳的回答做出评判，放下书，伸出左手，用大拇指依次点击其他4个指头，然后再从头做，频率越来越快。

“来，你跟着我做这个动作。”

沙阳开始学着做，没几次就乱了。

完成几个简单测试后，杨真示意韩津把沙阳送出去。心理测试的结果不能当着测试人的面讲。

“这个孩子智力达不到平均值，估计能算‘临界低智’（注释一）。不过，我这也就是望闻问切，想要准确的结果，还得去正规机构检测。”

韩津点点头：“明白。”

“这个孩子是谁，没听说你有这样的亲戚呀？”杨真是韩津的初恋女友，知道他亲戚家里都有哪些孩子。

韩津告诉她，沙阳是公益组织送来的孩子。他和叔叔婶婶在废品回收站讨生活，小学二年级就辍学了。韩津收养沙阳，是想给他找一所学校，让他继续接受教育。

“从小生活在那种环境中，孩子的智力肯定受损。”韩津愤愤不平。

“科学结论不能张口就来。”杨真板起脸。他们认识这么多年，她还是无法接受韩津这种信口开河的习惯，“导致一个人智力低下的原因有很多，譬如遗传……”

“好，好，不聊这个了，我请你吃正宗的农家菜。”韩津起身说。

正房土灶上有口大铁锅，上面盖着木制锅盖，香气不断从锅盖边沿溢出。方喆掀开锅盖，里面是猪肉炖杂合菜，四周贴着玉米饼。这是韩津准备招待那些客人的绿色家宴，现在改为他们的午餐。

方喆盛出满满一盆，放到桌上。

“哇，好久没闻到这种天然的香味了。”杨真站在桌边，摩拳擦掌，“这么多菜，把沙阳叫过来一起吃吧！”

韩津示意方喆去叫沙阳。沙阳进屋后，4 个人围着桌子吃饭。

“你知道肉为什么这么香吗？”韩津得意地问杨真。

“因为是当地师傅用土法烧的？”杨真猜测道。

“这是有9000年历史的土猪肉！”方喆插话。他二十出头，在韩津、杨真面前一直显得很拘束，坐到饭桌边才放得开。

“9000年历史？不会吧？”杨真一脸疑惑。

“韩老师考证过，本地9000年前就出现这种猪。现在城里人吃的猪肉，是欧洲种猪的后代。生长周期短，出栏率高，但是肉没有香味儿。农户为了快速赚钱，家家饲养外国品种。我们从农学院保种基地引来这种土猪，在这里培育繁衍。”

味道当然不会骗人。至于方喆说的这些，不在杨真的认知范围内，她不好评价。简单吃过午饭，她起身告辞。韩津陪她走向远处停车场。方喆带着沙阳去另一处农舍休息。

田间地头，一些农民打扮的人手持传统农具，在技术员的指导下干农活。附近农村早就实现机械化，这些古董级的农具，看上去就像电影道具。那些人的气质和肤色，也没有一个像正儿八经的农民。

“这么多游客，比我上次来时多得多啊。”杨真感叹道。

“远离城市压力，获得短暂解脱，吃得香睡得足，这种体验值得花钱。”韩津说。

走着走着，杨真忽然停住，问道：“你准备收养沙阳吗？”

“没有，只想送他去学校。”

杨真总觉得哪里不对劲儿。她这个初恋擅长搞新闻，但不是发现新闻，而是自己制造新闻。她想了想，又想不出疑点在哪里。

他们走到园区大门口，几个民工抬来一块牌子，七手八脚地挂在门框上。杨真定睛一看，上面写着"抵制资本污染，捍卫食物权利"，落款是"食物权利运动协会"。

"这是一个组织？"杨真指着落款问道。

"消费者关心食品安全问题嘛，大家为此组建了这个组织。"

"由你牵头？"

韩津点点头："是他们信任我。"

自从被电视台辞退后，韩津三天两头搞新名堂、刷流量。前几次杨真到这里来，都是为了办案，根本没时间关注韩津的其他活动。现在她才意识到，她对韩津最近的行为并不了解。不过她也没当回事儿，在门卫那里取回手机，钻进轿车，与韩津挥手告别。

方喆走到韩津身边，望着轿车的背影，问道："老师，沙阳的事儿，您怎么不和她讲？"

"我们必须离警察远一点儿！"

"那——以前那些案子，您为什么找他们？"

"那些对手非官即商，咱们必须借助警方的力量。"韩津转过身，望着在远处玩耍的沙阳，"这次伤害他的人，没有那么大能量，咱们能搞定！”

“老师，这个部件叫什么？”一个小姑娘问。

“它叫十字头，能把蒸汽机产生的动力传导到车轮上。”回答的人并不是教师，而是展览馆的讲解员。

“它怎样才能停下来？”

“这样——关上阀门，锅炉内的水蒸气不再进入汽缸，车子就会慢慢停下来。如果想迅速停车，下面还装有轴瓦。”

小姑娘一边听，一边在蒸汽机车周围转来转去，细心观察它的机械结构。讲解员接待过一些小女孩，但没有一个如此专注。

小女孩名叫宋梓馨，是江志伟和前妻宋春霞的女儿，今年 10 岁，出生后随母姓。那时，夫妻二人还是如胶似漆，现在，他们一起陪宋梓馨参观中国铁路博物馆。他们坐在休息区的长椅上，远远望着宋梓馨在实物展品周围转来转去。

“两个月没见，她是不是又长高了？到青春期了吧？”江志伟没话找话。

“她才 10 岁，哪来的青春期！”宋春霞一脸嫌弃。

江志伟挠挠头：“唉，她的表现，总让我忘记她的年龄。”

四年前，宋梓馨就对儿童乐园失去兴趣，节假日缠着父母参观各种博物馆。孩子成熟早，宋春霞很高兴，江志伟却认为不正常。他宁愿女儿抱着毛绒玩具，坐在沙发上看动漫节目。后来，这也成为他们教育女儿的矛盾焦点，且互不妥协，一直争执到离婚。江志伟交出女儿的监护权，换来定期探视权。

“叶公好龙！以前你还说过，不能压制孩子的天性。”宋春霞撇了撇嘴。

“我希望她更像10岁的孩子。”

“这是中国，你就别裹乱了！现在我才是她的法定监护人！”宋春霞立刻怼回去，“别的家长都担心孩子输在人生起跑线上，你可倒好，处处给孩子拖后腿。”

如果在以前，他们必然爆发一场争吵，想想现在比朋友略近的关系，想想自己陪伴女儿的时间少之又少，江志伟强行咽下一车皮的话。

午饭时间，宋春霞去买快餐，宋梓馨坐在江志伟身边，忽然冒出一句：“爸爸，那个阿姨姓什么？”

“哪个？哦——姓杨。”

“你们还好吧？”

“当然——”江志伟盯着宋梓馨的大眼睛，想从里面读取这句话背后的信息，没有成功。

“代我问杨阿姨好。”

女儿如此通情达理，不知为什么，这恰恰是江志伟担心的地方。他转念一想，还是点点头。毕竟，她们迟早会见面的。

老处长回来啦！

免职一年的前高科技犯罪侦查处处长李汉云结束在党校的学习，回到高科技犯罪侦查处。伴随他满身风尘的，还有一系列令人眼花缭乱的变化。

第一步，高科技犯罪侦查处升格。

几年前才成立的高科技犯罪侦查处，因为战功赫赫，升格为高科技犯罪侦查局。下辖侦查处、致毁知识处、技术处、法律处、行动处和外联处。由于生物科技领域犯罪案件占高科技犯罪侦查局近一半的工作量，还成立了生命科学专项办公室。

第二步，准备搬家。

高科技犯罪侦查处原是公安部的一个处室，包括李汉云在内共 7 个人。他们借用公安部第一研究所的几间房子办公，条件简陋至极，可以说要啥没啥。由于案件不断增多，不断补充人才，现已有五百多人，装备各种高科技设备无数，此地明显无法满足办公、办案的各种需要。

于是，公安部专门在北京西山脚下拨出一块地，建设高科技犯罪侦查局总部。那里虽然偏远，但交通便利，到市区只有 20 分钟车程。

新办公楼还在建设中，他们只能在研究所再熬一段时间。

第三步，就是重新进行人事任命。

李汉云担任高科技犯罪侦查局局长，曾经代理他主持工作的梁文博担任副局长。龙剑、迟健民、韩悦宾、杜丽霞、蔡静茹和许清扬从各科科长升为各处处长。史青峰担任生命科学专项办公室主任，杨真担任侦查处副处长。

看到任命书，杨真的眼眶湿润了。她曾在工作中出现过重大失误，本以为自己会受到处罚，结果却安全无虞，便认为李汉云免职是替她背锅。对于这个疑问，李汉云既不承认，也不否认，只说了一句“服从组织决定”。

现在李汉云出任高科技犯罪侦查局局长，乃是实至名归。他白手起家，带领几个人，把这个特殊行业做到今天这种规模，实属不易。现在，高科技犯罪侦查局要监控国内 298 个国家级重点实验室，725 项重大科学实验。他肩上担子之重，可想而知。

高科技犯罪侦查处升格为高科技犯罪侦查局后，又补充了百余名新人。他们都来自公安系统、国安系统、军队系统、中科院的精英。李汉云回到岗位上，花几天时间熟悉新人，然后在拥挤的旧会议室，以处长身份召开了高科技犯罪侦查处的最后一次中层领导会议。

“好久没讲课了，今天请你们允许我啰嗦几句，过一次大学教授的瘾。”曾经在公安大学当过教授的李汉云站在讲台上，背后屏幕上展现的，竟然是从秦到清各代王朝的财政数据。

“1900 年庚子赔款，赔款总额 4 亿两白银，每个中国人平均赔一两白银，本息合计，需要 38 年才能还清。而在那之前

30 年，普法战争结束后，法国要向德国赔款 7 亿两白银。当时法国只有 3000 万人，你们猜，这笔赔款他们多少年还清的？ 3 年！只用 3 年！赔完款后，法国依然属于强国，还能建埃菲尔铁塔，办国际博览会。”

几个跟随李汉云创业的元老聚精会神地听讲。他们从未听过李汉云讲这种话题，一时间不知道他有何用意。

“再看这张表，2000 年的中国封建王朝历史，哪年税收最多？不是秦皇汉武，不是唐宗宋祖，而是 1910 年，收入 28000 万两白银！记住，那是清王朝灭亡的前夜，却是康乾盛世期间年收入的 4 倍！ ”

李汉云这几句话，把大家带到历史的深处。

“奥秘在哪里？在于科技主导的近代工业！法国比我们早几十年实现工业化，他们能跑，我们只能走，晚几十年的结果就是被动挨打。到了 1910 年，中国有了铁路、电信、钢厂、煤矿，虽然规模都很寒酸，却是新财富的来源。”

他摁了一下遥控器，屏幕上显示 21 世纪中国的工业总产值。

“几代中国人用了一个世纪的时间，省吃俭用，拼命追赶，才抹平这个差距。瞧，按照这种发展趋势，等你们到了退休年龄，我国可能拥有世界一半的工业产值。这种比例，1840 年的英国做到了，1945 年的美国做到了，将来中国也能做到。”

老处长要做爱国主义教育报告？似乎不像。这和高科技犯罪侦查局的业务有什么关系？各位中层领导在心里开始犯嘀咕。

“大家想过没有，最近几十年国外发生了什么？为什么我们开始奔跑，发达国家却迈起了小碎步？经过一年的学习，才让我能站在时代高度上理解这个怪现象。”

李汉云开始讲述“大停滞理论”。杨真听科学圈子里的朋友谈过，它源自西方经济学家。他们认为，发达国家的科技在 20 世纪 70 年代后就陷入停滞状态，如今仅靠信息技术支撑门面。

“IT 行业一俊遮百丑。瞧，我这部手机的算力，超过 1967 年世界所有计算机算力的总和。但是，现在我们依然乘坐那时候研发的波音 737 飞机。”

讲完看似冗长的开场白后，李汉云进入正题。他告诉与会者，科学也有边际效应递减率。今天要想获得更大的进步，需要更多的科学工作者、更庞大的科研经费。

“然而现在，西方社会的主流思想发生了逆转。以前，清政府保守顽固派拖了中国现代化后腿。以后，西方保守顽固派开始反智、反科学、反工业化，不断给他们的社会制造麻烦。”

这些话题确实让人感觉很新鲜，但和他们的工作职责似乎南辕北辙。

“打开国门后，不仅赛先生能走进来，反科学思潮也跟着溜进来，到处混淆视听。这种思潮视科学为祸根，视工业为仇敌，视城市为地狱，视进步为虚幻。天真地希望人类回到小国寡民的旧时代。

“更可怕的是，反科学思潮在发达国家不仅有言论，还有行动，甚至是恐怖活动。那些人破坏科研院所，围攻企业，杀害科学家。那里的司法部门已经把他们列为打击对象。在我国，也有人和他们沆瀣一气。”

杨真心头一紧，意识到李汉云言有所指。

“当年，中国只能用原材料换取外汇，国外反科学势力瞧不上我们。现在，我们是工业大国，产品遍布世界。于是，我们也成为国际反科学势力的眼中钉、肉中刺。他们正在预谋袭击中国的科研机构和高科技企业。”

李汉云激动地举起手臂：“保护这些科研机构和企业，就是上级交给我们的新任务。同志们，从 18 世纪末算起，经历这么多年，我们才走上现代化道路。十几代前辈忍辱负重，好不容易才有今天的大好局面，无论如何，我们都有责任保护这些成果。”

李汉云随后宣布，以前监管危险实验的任务，仍由梁副局长负责。自己除了统筹全局工作，现阶段的工作重心放在这个新任务上。

散会后，杨真马上回到办公室准备材料。她知道，李汉云肯定会找她，高科技犯罪侦查局的新任务肯定需要她。

果然，当天下午，杨真就被李汉云叫到刚挂牌的局长办公室。副局长梁文博和行动处处长许清扬也在。她刚坐下，李汉云劈头便问："杨真，最近你和韩津的联系密切吗？"

犯罪行为不仅包括杀人放火、抢劫盗窃，还包括帮人从银行 ATM 机上取钱。

这些人就是所谓的"骑手"。他们要做的工作只是用银行卡取钱，不过卡里的钱，要么是别人洗白的黑钱，要么是诈骗来的赃款，要么是非法汇兑。组织严密的犯罪团伙，上线为了逃避警方打击，把见不得光的钱转到各地的账户，最后由"骑手"分期分批取出。

当"骑手"可以从中赚取 1% 的"辛苦费"。他们明知这是犯罪行为，却因为工作轻松、收入不菲，甘愿为虎作伥。

胡文盛已经做了几年"骑手"。他到底取过多少钱，估计已经是天文数字。这几年警方反诈骗技术不断升级，打击力度越来越大，"骑手"就越来越难做。

这几天，胡文盛先后用十几张银行卡在各处 ATM 机上取钱，共计 20 万元，准备按约定把钱交给下线。市公安局经济犯罪侦查支队副支队长袁立群早就盯上他，准备在他转交赃款时进行抓捕，顺便揪出犯罪团伙主谋。

犯罪团伙之所以用这种方式获得赃款，原因有三：首先，汇款10万元以上要实名登记；其次，可以中断警方网上追踪；最后，即便“骑士”落网，团伙主谋也能安全无虞。

进入电子支付时代，正常经济往来已经很少有人使用大额现金。担心引起怀疑，胡文盛把20万元钱压紧、扎实，装进一个涂料桶。他扮成装修工，戴着安全帽，穿着沾满涂料的破旧工装。这副打扮走在大街上，行人对他避之唯恐不及。

按着约定，胡文盛来到玉华大厦。这是商住两用大楼，共35层，分A、B两栋，加上6层裙楼和草坪，几乎占据半个街区。

玉华大厦正面人流如织，车水马龙，背后却是僻静的老巷子。胡文盛从正门进入玉华大厦，在里面转几圈，又从后门溜出来，朝老巷子深处走去。

袁立群从老巷子东口进入，指挥手下在西口堵截。他熟悉这条老巷子附近的地形，走进去却傻眼了。老巷子左右的民房刚被拆除，到处是碎砖烂瓦。

老巷子里除了胡文盛，还有一个十岁上下、穿着蓝色外套的胖男孩。

警惕性极高的胡文盛，忽然觉得远处迎面走来的人可能是便衣警察。他猛回头，看见袁立群，意识到自己陷入包围圈。于是他紧跑两步，把胖男孩拽到身前，掏出水果刀，横在胖男孩的脖子上，朝便衣警察吼道：“退后，全部退后，不然我捅死他！”

袁立群等人担心胖男孩的安全，只好站下不动。胡文盛挟持胖男孩，又进入玉华大厦。袁立群等人立即跟进去，分头寻找，却不见他们的身影。

一部电梯正在向上疾升。

袁立群立即把抓捕失败的消息告知经侦支队，请求支援，然后派人联系玉华大厦安保部门，调看监控视频，追踪胡文盛。他带领几个警察，准备乘另一部电梯上楼查看。

苦等几分钟，那部电梯才下到一层，袁立群立即冲进去，同时接到手下报告，另一部电梯已经到达楼顶，中间没有停留任何楼层。

玉华大厦经理让保安锁住那部电梯。

袁立群带人到达楼顶天台，四处寻找，不但不见人影，还听不见任何动静。守在老巷口的警察报告，有一个人从玉华大厦楼顶坠落，摔到老巷子里。

袁立群跑过去，探头往下看，老巷子里果然趴着一个人。距离太远，他看不清是谁，心头紧了一下。

得知死者是胡文盛，不是人质，袁立群稍微松口气。他让手下勘察楼顶，自己返回楼下。

胡文盛已经毙命，涂料桶不在他身边。袁立群命人继续寻找胖男孩和涂料桶。

警察几乎找遍大楼，也没有找到胖男孩。

监控视频显示，胡文盛挟持胖男孩进入电梯，奔赴楼顶的过程中，胖男孩没有丝毫反抗。看体型，胖男孩还没到青春期，全程把头缩在胡文盛怀里，没有一帧画面显示出他的面孔。

胡文盛之所以违反常理往楼顶跑，可能是他判断整座大厦被警方包围，把人质劫持到楼顶，警方就不会轻举妄动，然后再想办法逃脱。可是，警察没到楼顶，那里也没有其他人，胡文盛是怎么掉下去的？

如果是失足坠楼，胖男孩呢？

“孩子应该还在楼里，好好查看视频，不要有遗漏。”袁立群和手下再次调看这个时间段玉华大厦里的所有监控视频。

“头儿，这孩子像不像那个人质？”一个警察指着屏幕问。

那段视频显示，有个身穿白色外套的男孩从电梯里走出来，拎着一个黑色塑料袋，低着头匆匆走向玉华大厦正门。

“没错，就是他！”袁立群喊道。

这是 15 分钟前的视频。他们把 15 分钟内玉华大厦里所有视频又看了一遍，发现胖男孩从容地走下楼顶，顺着安全通道到达 15 层，通过连接两幢大楼的廊桥，进入另一幢写字楼，换乘电梯到达地面，混入人群中。

有这么冷静的孩子吗？有这样从容的人质吗？

袁立群脑海中灵光一闪，问：“他是不是侏儒？也许他就是和胡文盛接头的人！”

他的推断不无道理。

胡文盛不认识前来接头的人，发现自己被警察包围后，误把接头对象当作人质劫持。到达楼顶后，接头对象为了摆脱警察，将胡文盛推下去，转移警察注意力，自己携款潜逃。

袁立群又调看老巷子里的其他视频，经过反复比对，确认身穿白色外套的男孩，就是胡文盛劫持的人质。

第二章

梦境犹存

杨真在公安大学读研究生时，李汉云是她的导师。他们之间太熟悉了。别人不便问她的事情，李汉云可以毫不避讳。

整个中午，杨真都在悉心地准备着，认真回忆最近自己与韩津交往的细节。

她经历过各种组织审查，知道这些程序有多重要。

她来到会议室，发现只有局长李汉云、副局长梁文博在场，心里略显轻松。

“最近韩津经常出国，你应该知道吧？”梁文博正襟危坐，表情严肃。

“他说去参加国外一些自媒体活动。”杨真实话实说。对此，她只知道这些。

杨真曾经跟韩津强调过，他们之间的交往不再涉及私事，一切都要公事公办。她对办案线索之外的事情不感兴趣，韩津就没有跟她讲过其他事情。

李汉云当然信任杨真，但他还是想把问题说得严重一些，让她有足够的警惕性："最近发生的几起案件，经过我们走访调查，发现案件都与韩津有一定关联。我们判断，他虽然没有直接参与作案，但是他可能躲在幕后策划或者提供资金。"

梁文博问杨真："根据有关部门提供的线索，韩津在国外与生态恐怖组织建立密切联系，还向他们捐款。那些组织已被联合国列为恐怖组织。这些情况，韩津没有向你透露过吗？"

最近一年，杨真都在梁文博的领导下工作。无论任何案件，接触什么人，她都是事先打招呼，事后做汇报。

梁文博知道她和韩津的关系，但从未提及这些事情。

他不可能今天才知道，以前之所以没对她说，可能涉密。换句话说，韩津的问题可能很严重。

"自己是不是遗漏了什么问题？"杨真仔细回忆一会儿，才郑重地摇摇头。她对韩津设防，涉案的韩津自然也会如此。

李汉云见杨真和韩津只限于普通朋友关系，于是说出这次询问她的核心问题："有关部门获得来自海外的情报，各国的生态恐怖组织联手造谣诽谤我国是世界头号工业魔鬼，是一条喷火的高科技恶龙。他们还制订了'屠龙计划'，旨在攻击我国设在境外的科研机构和高科技企业。韩津和李瑾不但参加过这些组织的会议，还是骨干。”

自诩是环保斗士的韩津和李瑾参加此类会议，杨真并不感到意外。但是她怎么都没有想到，他们会成为生态恐怖组织的骨干。

“他们都是网络公知，拥有很多忠实拥趸。要调查他们，或者对他们采取行动，必须证据确凿，否则会引起不必要的麻烦。所以，我们决定派人打入他们内部，摸清情况。”李汉云盯着杨真，讲出局党委制订的侦查计划。

“他们内部？是他的生态园、传媒公司，还是他领导的食物权利运动协会？”杨真问道。

“据我们分析，这些组织是同一伙人在背后管理、运作。”李汉云说。

两年前侦查“东方专案”，杨真便执行过卧底任务。那起案件与这起案件性质相同，只不过规模小一些。

“杨真，你考虑一下，局里派谁去合适呢？”李汉云征求杨真的意见。

杨真不假思索地说：“马晓寒。她沉着冷静，办案经验丰富。最关键的是，韩津不认识她。”

这两年，马晓寒一直担任杨真的助理。她们朝夕相处，无话不谈，彼此非常了解。

李汉云和梁文博对视一眼，点点头。

梁文博说：“杨真，你去通知马晓寒，尽快做好准备。她出发前，许处长会教她一些潜伏的方法和技巧。她打入食物权利运动协会后，由许处长与她单线联系。”

杨真离开会议室，没有立即去找马晓寒，而是跑到阳台上，深吸几口气，静静地望着远方，陷入沉思中。

如果韩津涉案，她的前男友、现在的好朋友，就可能变成她的打击对象。他们以前所有的美好，都可能转为对立甚至仇恨。

作为警察，在大是大非面前，个人恩怨都不足挂齿。

在信息大爆炸的时代去敌方卧底，难度可想而知。一个人只要上过网，必然留下某些痕迹。有痕迹就能追踪，就能查清一个人的真实身份。

马晓寒是老网民，在互联网上留下很多文字、图片和视频。内容虽不涉密，但只要结合这些信息，就能轻松查出她的真实身份。

这一点，李汉云也考虑到了。他命令局里技术处，通过技术手段，彻底删除马晓寒所有的上网痕迹，然后又给她取了3个网名，一主二次，增补12年的上网记录、几千条信息。

通过各个部门的配合，又为她制作了完整的档案，经得住任何组织、任何渠道调查。

技术处的警察，还把监控芯片植入马晓寒腋下，可以全天候掌控她的行踪。

一切准备就绪后，杨真把马晓寒叫到办公室，双手搭在她的肩头，语重心长地说："妹妹，这次任务非常危险，你千万要小心，不能有任何侥幸心理。"

"难道他们都有火眼金睛？"马晓寒嘻嘻地笑着说。

"你要面对的，不仅是生命危险，还有各种诱惑。在那些诱惑面前，我们的免疫力并不高。"

马晓寒严肃起来。她知道，做过两次卧底的杨真提供的建议，都是用血的代价换取的。

"他们不是感情骗子，但是他们'忧国忧民'的'正义感'，是非常能蛊惑人心的，任何人都可能被他们轻松洗脑。"杨真一字一板地叮嘱道。

"你们看，他们好像在交谈，胡文盛并没有控制胖男孩。"

"那么小的孩子，早就吓傻了吧，还用控制吗？"

"不，不，他们明显在交谈。"

……

袁立群和手下边看监控视频边分析。

当时情况紧急，他们只想解救人质，现在静下来观看视频，越看越觉得不对劲儿。遗憾的是，他们只能看到画面，听不到声音，很难推断他们到底在谈什么。

"这个胖男孩，极有可能是接头对象。"反复观看监控视频后，大家开始认可袁立群的判断。

在胡文盛的交款地点，警察并没发现取款人。如果胖男孩是人质，怎么可能知道胡文盛提的涂料桶内有钱？

胖男孩的嫌疑越来越大。

“是不是有人在幕后指示胖男孩前来取钱？”一个警察猜测。

“违背常理。”另一个警察说，“20 万元，谁敢让一个尿孩子去取？”

“小孩子懂啥？他根本不知道涂料桶里有钱。如果有人给他 100 元钱，让他取走那个桶，他肯定会做的。”第三个警察分析道。

袁立群默默地听着同事的议论，心里暗自分析各种可能性：“如果所有可能性都被合理排除，剩下的一种，无论多么不可能，都是真相！”

现在，他突然理解了前辈对他说过的这句话。

技术人员反复勘察天台上的足迹，发现胖男孩一直跟在胡文盛身后，时远时近，并没有被他拖拉扯拽。

所有痕迹显示，胖男孩趁胡文盛探头往楼下看时，在后面突然抱住他的大腿，猛然上举，导致他失去平衡，翻过围栏摔到楼下。

袁立群让一个与胡文盛身高相似的警察站在围栏边，另一个警察蹲下扮演胖男孩，在胡文盛坠楼处反复模拟后，最后一致认为，如果胡文盛不是自杀，就是被胖男孩推到楼下。

袁立群站在围栏前，探头往下望，心里暗暗琢磨："胖男孩站在胡文盛背后，胡文盛为什么没有任何防备？这只能说明，胡文盛应该知道胖男孩的真实身份。"

综合各种痕迹推断，胖男孩身高在一米四左右，体重四十公斤左右。他要偷袭胡文盛，动作必须迅速且连贯。一旦胡文盛反应过来，随时都能制服他。

事实上，他根本没有给胡文盛反应时间。

他为什么要置胡文盛于死地呢？

袁立群请痕迹专家通过足迹分析，胖男孩究竟是孩子还是侏儒。

"肯定是正常发育的孩子。"痕迹专家指着足迹分析，"同等身高的侏儒症患者，重心高于同等身高的孩子。他们走路时头重脚轻，足迹前端明显比后端清晰。这些足迹的前后清晰度，没有任何区别。"

痕迹专家的判断，让所有警察感到不可思议，纷纷议论：

"这个孩子真能抢钱杀人？"

"尿孩子知道 20 万元人民币是什么概念吗？ 20 万游戏币对他更有吸引力吧？"

一个警察说："按照身高推断，这个孩子应该在十岁左右。即便我们把他抓捕归案，也无法入刑啊。"

"现在的孩子啊，就是因为懂得法律这个条款，所以才肆无忌惮。”一个警察感叹道。

袁立群摆摆手：“先别考虑那么多，我们的任务是，不论凶手是什么人，先把他抓捕归案。至于他能不能入刑，那是法官的事情。”

每月一次的家庭聚会，轮到在肖雅雯和许彦波准备的婚房里举行。

家庭成员到齐后，还没等他们坐稳，肖雅雯就拿出结婚证，逐一举到家人面前：“结婚证！我的结婚证！”她好像生怕家人们看得不仔细。

“是真的，鉴定完毕。”哥哥肖亚霆随口应付。

“快捅到我的眼睛了。我知道你终于把自己嫁出去了，行了吧？”嫂子牟芳撇嘴道。

“恭喜你解决了这个世界性难题。”养母卢红雅拍拍她的肩头，“我们都看到了，收起来吧，准备吃饭。”

“一入围城深似海，你还是好好珍惜当下的自由吧。”父亲肖毅开玩笑说。

肖雅雯曾经是不婚主义者，年近四十，遇到许彦波后才改变主意，所有家人都为她找到托付终身的人感到高兴。

同辈人里，杨真年龄最小，一直是家里的“团宠”。她一把从肖雅雯手里抢过结婚证，里外翻看。

她虽然多次参加婚礼，却没有见过结婚证。

“这是最新版的结婚证，照片下有二维码。你用微信扫一下，就能看到我们的结婚誓言。”肖雅雯得意地说，“杨真，你也不小了，赶紧置办一个吧。”

“妈呀，置办这玩意儿还得宣誓啊？万一哪天后悔了怎么办？”杨真看了许彦波一眼，像感觉结婚证烫手似的，立即扔给肖雅雯。

“你个乌鸦嘴！你就不能盼我好啊？”肖雅雯揪着杨真的耳朵问。

杨真龇牙咧嘴地看着许彦波：“老许，能不能管管你家的泼妇？”

许彦波说：“你们认识那么久了，还不习惯她的简单粗暴啊？我早就习惯了。来，大家看看我俩的劳动成果。”他说着，从包里取出一摞《心理学报》，上面刊登着他和肖雅雯合著的论文《论科学性向测验的可行性》。

家人接过报纸，认真阅读论文。

肖亚霆的女儿肖姗也要了一份报纸，刚看到标题，就喊道：“姑姑、姑夫，你们怎么研究这么污的东西啊？”

肖雅雯轻轻拍了一下肖姗的屁股：“娃儿，看不懂别瞎喊。你好好看看，哪里污了？”

“性向——还不够污吗？”肖姗指指论文标题，小声嘀咕。

杨真从肖姗手里抢过报纸：“肖姗，你姑姑好不容易逮着一个显摆自己的机会，你就发发慈悲满足她吧。她愿意咋污就咋污吧，反正也不用你洗。”

肖雅雯、肖姗、杨真三人，你一句我一句地要贫嘴时，肖毅宣布午餐开始。

众人坐到餐桌前，边吃边聊，其乐融融。

酒过三巡，肖毅看看在座的人，说道：“今天除了江志伟，全家人都在。咱们开个简单的家庭会议，商量一下参加个人基因库的事儿。”

通过个人基因测序，能发现是否罹患各种遗传疾病的可能性，评估一生的健康状态，甚至能推测一个人在多大年纪谢顶。现在这种服务已经广泛推广，一般医院就能检测，价格降到千元左右。

参加个人基因库是公益活动。志愿者把自己的基因测序结果上传到基因库网站，并附上本人照片，供各国基因研究机构参考。组建个人基因库的目的，就是供科研机构通过对不同国家、不同种族人的基因研究，应对越发泛滥和猖獗的病毒，医治各种疑难杂症。

将自己的基因测序结果公之于众，等于将自己身体的弱点充分暴露，极有可能被不法分子利用。

“咱们家的人，都吃科技这碗饭，应该能理解这件事是利大于弊的。我和红雅已经和个人基因库签订同意书。我想借此机会，动员你们也参加这个意义重大的公益活动。”

“我没问题，可以上传基因测序结果。只是我的身份特殊，不方便公布个人信息。”杨真说。

“我和肖亚霆已经接受过检测，把检测结果上传到网站就行了。”牟芳说，“我们无条件支持爸爸的倡议。”

肖雅雯和许彦波也表示支持肖毅的倡议。

“我也要支持爷爷。”肖姗喊道。

卢红雅抚摸着肖姗的头说：“等你年满 18 岁，有了民事能力才行的。”

肖毅没想到，家人竟然如此支持自己，兴奋地举起酒杯：“我代表世界各地的病人，敬你们一杯！”

午餐结束后，家人们三三两两地聊天、闲谈。

肖雅雯和杨真坐在阳台上，聊江志伟家里的事儿。

肖雅雯听到江志伟一家三口人在一起时，不准杨真在场，立刻就怒了：“为什么？”

杨真急忙做出噤声的手势，指指客厅。

肖雅雯压低嗓门：“杨真，你别嫌我八卦啊。好多夫妻离婚前，哪怕打成血葫芦，离婚后都想着对方的好。二婚男人麻烦多，继母更不好当。你可得想好了，否则有你好受的！”

“哪有你说的那么可怕，你看你爸和我妈走到一起，不是过得挺好嘛！咱俩比亲姐妹还亲呢！”杨真嘻嘻笑道。

“那是个例好吗？全国都没有几对再婚夫妻能达到他们的境界。”肖雅雯争辩道。

“你们在吵什么呢？脸红脖子粗的。”卢红雅来到阳台问道。

“妈妈，我们争论印度能不能成为超级大国的事儿。”肖雅雯做个鬼脸。

“我们在讨论我和江志伟的事儿。”杨真实话实说。

卢红雅坐在藤椅上，问道：“杨真，江志伟的公司业务有那么忙吗？这么难得的家庭聚会，他怎么说不来就不来呢？他是不是在逃避什么？你们真能走到一起吗？”

“妈妈，我们才认识多久啊，谈婚论嫁还早呢，想那么多干吗？”杨真走到卢红雅身后，给她按摩肩膀。

“从你带他见我们到现在，已经一年多了。你们年龄都不小了，该考虑的事情必须要考虑啊。”卢红雅说。

肖雅雯说：“妈妈，江志伟去看望女儿，都不带杨真。你是过来人，应该知道这里面肯定有猫腻啊。”

杨真赶紧说：“他不是不愿意带我，是孩子妈妈不想见到我。”

肖雅雯问：“他们都离婚了，江志伟做什么，她凭什么要干涉？”

未婚女儿和离婚男人谈恋爱，卢红雅虽然开明，依然难以接受，毕竟女儿那么优秀。作为过来人，她知道组建这样的家庭，肯定存在各种麻烦，不是仅靠宽容大度就能解决的。

“凡事都不能寄托在别人的改变上。”卢红雅说得很委婉，

"我记得你说过，他们离婚的原因，是因为在教育女儿的方式上存在严重分歧。孩子不是判给江志伟了吗？现在这种分歧还存在吗？"

"具体情况我也不清楚。他这么要求，肯定有他的难处吧。妈妈、姐姐，既然我们已经走到一起，我只认可现在的他。至于他以前怎么样，跟我没有关系。"

卢红雅拉起杨真的手，轻拍手背："我相信你能处理好自己和江志伟的关系，但是你能不能处理好和孩子的关系，还真不好说。他和前妻因为孩子的教育分歧离婚，只能说明他前妻有问题，或者孩子有问题。"

公检法机关，一般是有案件发生，或者得到犯罪线索才采取行动。高科技犯罪侦查局的职责，主要是防范高科技人才采用高科技进行犯罪活动，工作重心在于防范。因为这种犯罪活动一旦出现，给国家和社会造成的损失是不可估量且影响深远的，所以他们必须主动出击，将犯罪苗头扼杀在摇篮之中。

每月一次的总结例会如期举行，各处的处长要分享自己手下发现的线索，提交分析报告。在会上经过判断、分析、遴选，最后将重要问题列入侦查对象。

侦查处处长龙剑拿出一个只有米粒大小的东西，坐得稍远的人根本看不清楚，只能由他捏着，给各位处长逐一展示。

作为侦查处副处长，杨真还是第一次看到这个小的芯片。它比植入马晓寒体内的芯片还小，于是问道：“它和局里的植入芯片相比，哪个功能更强大？”

龙剑说：“当然是咱们的植入芯片功能更强大。这是普通型近场芯片，接近电磁场才能发挥作用。它现在的功能，还仅限于利用物联网开锁、上班打卡、卫星定位等。不过，它的危险就在于在市场上合法销售，犯罪分子可以利用它，轻松就能制造出遥控杀伤武器。”

杨真了解过，世界上确实有些人，能利用科技含量并不高的民用产品，制造出毁灭性极大的武器，或者研发制造重大灾难的技术，国际刑警组织将这种民用产品命名为“致毁知识”。发明“致毁知识”的人，并不是拥有高科技实验室的“疯狂科学家”，而是世界各地生产民用产品的公司、工厂或者研究院。国家有关部门批准这些产品上市前，容易把它们定为对人畜无害的生活产品。

高科技犯罪侦查局目前的重点工作，就是分析哪些普通民用产品会转变成“致毁知识”，进而进行全方位监管、监控。

龙剑进一步汇报：“各位，经国际同行提供的调查结果，这种近场芯片仅瑞典就有4000人植入体内，世界各国的植入者，可能达到十几万。把这种芯片植入体内，肯定是为了便于窥探他人的隐私。它的功能年年升级、年年拓展。我担心，它已经成为别有用心之人的犯罪工具。我建议，国内公共场所的安检设备全方位升级，以便查出植入体内的近场芯片。”

按照惯例，对于各处处长的提案，先由处长们分析、推断。

法规处处长蔡静茹认为，国家还没有明文禁止公民体内植入这类芯片，所有公民植入芯片，还不像私藏枪支、管制刀具那样，属于犯罪行为。警方即便查出谁的体内植入这类芯片，只要他没有犯罪行为，也无法干预。

技术处处长韩悦宾说，如果按照龙剑的建议，把全国安检设备进行立体升级、增效，至少是万亿级别的工程。耗资如此巨大，地方政府能不能配合都不好说。

杨真问道：“龙处，这种芯片，是不是那个国际超人协会发明的？我听说，那个协会已经有十几万会员了。你关注过吗？”

杨真所说的国际超人协会，是组建于美国、奉行超人主义的组织，在世界各地都有分会，中国也有很多追随者。

龙剑一直关注国际超人协会，已经把它列为调查对象，并对其进行长期跟踪调查。

“他们还没有发展那么多会员。”龙剑解释道，“打个比方，美容协会只吸收美容师加入，并不吸纳做美容的顾客。十几万近场芯片植入者，基本属于顾客，并不是会员。现在，国际超人协会的会员，利用自媒体，鼓吹植入这种芯片的好处。国内有个别高科技公司要求入职员工必须植入近场芯片。”

“堵住医院这个口子不就行了吗？比如，建议政府出台某些政策，禁止医生从事这种活动。”蔡静茹建议道。

“植入近场芯片根本不用去医院。”龙剑指指右手虎口，“那玩意儿一般都植在虎口皮下组织里，街头文身师都能操作。”

李汉云看看各位处长，说道：“小东西，大麻烦。我建议成立致毁知识处。咱们一边搭班子，一边报上级审批。至于处长人选嘛，我推荐暂由迟健民客串一下，负责申报工作。”

江志伟踩着滑板，从立交桥下面滑过。

城市的变化太大、太快了。这座立交桥什么时候建好的，桥边几座摩天大楼什么时候出现的，他一点儿印象都没有。

江志伟来到一家大型超市门前，以前干净、宽敞的马路上，竟然变成工地，各种大型运输车、各种建筑材料、成群结队的工人，把马路堵得死死的。

他想走人行道，可是面前的一段人行道上堆着淤泥，根本无法通过。着急上班的他，来不及绕路，就操起一把铁锨，奋力去铲。

让他没想到的是，路上的淤泥却越来越多……

江志伟从梦中惊醒，见斜靠在床头的杨真正盯着自己，不好意思地咧嘴笑了。

杨真笑问："做梦了吧？做梦都能做得满头大汗，是不是做坏事儿了？"

江志伟把刚才的梦讲完后，挠挠头："不是说梦是记不清的吗？我怎么记得这么清楚？"

"你刚做完就醒了呗。人对梦的记忆消失得很快，半小时后会忘记95%。"

江志伟好奇地问："我感觉我至少滑行了一个小时。公司离家哪有那么远！"

杨真看看表："你才躺下半个小时好吗？咱们一起上床的，我还没睡呢。"

江志伟突然坐起来穿衣服："我得去趟公司，我知道这个梦给我什么启示了。"

"梦给你启示了？啥意思？"

"机器足的三相轴平衡问题。这几天我们怎么都算不出来，脑袋都快想爆炸了。反正我说了你也不懂，别问了。"江志伟迅速穿好衣服。

杨真知道，一旦一个人专注某个问题，大脑就会不停地思考。做梦，不过是思考的延续。

"你又得在公司里待几天吧？注意身体，问题不是一时半会儿就能解决的。"杨真关心地说。

江志伟在杨真额头上轻吻一下："如果运气好的话，明天我就能解决它。"

“等等。”杨真起身下床，从书柜角落里拿出一套《少儿百科全书》精装本，“我给宋梓馨买的，你代我送给她吧。”

江志伟望着那套书，没有说话。

“她不喜欢吗？”杨真问道。她一直想送给宋梓馨礼物，但不知道送什么好。几个做妈妈的同事推荐这本书，她才去买的。

“这个礼物当然很好。只是——她可能不爱看。”江志伟支吾道。

“我同事说，她们的孩子都喜欢啊，不但能增长知识，还能增长见识。”

江志伟没有说话，从书柜里拿出两册《中国大百科全书》和《简明不列颠百科全书》放到床上：“宋梓馨 6 岁时，就经常翻看这两套书。我以为她只是对书里的插图感兴趣，没想到……”

他一边说一边从两本书里找到“智力”词条，解释说明文字下面，有红笔画的线条，旁边还有批注。

杨真看着那些幼稚的字迹：“宋梓馨写的？什么时候写的？”

“是她写的，但我不知道她什么时候写的，估计不会超过 6 岁。等我发现时，有一百多个词条下面，都有类似的批注了。”

“这个‘不对’是什么意思？”杨真指着词条旁边的批注问。

“我问过她，她认为‘智力’的定义和解释有问题。”

杨真说："百科全书的词条，是经各学科专家论证后编写的，出版社编辑核验校正过，她怎么能认为不对呢？她连专家都敢质疑？你一直说她很聪明，真没想到她竟然聪明到这种地步。唉，聪明的孩子不好抚养，我真不知道以后怎么和她相处了。"

江志伟拿起杨真购买的书："什么礼物都是心意。不管她喜不喜欢，我都会替你送到的。"

杨真说："这么晚了，你也饿了吧？我做点儿夜宵，你吃完再走吧，很快的。"

杨真利用各种半成品食品，十分钟就做好夜宵。

吃夜宵时，江志伟说起刚才的梦："我经常在梦里得到启发，还不好意思告诉同事，怕他们以为我有神经病。我虽然是心理专家，却想不通是什么原因。"

"其实也没什么，任何过于专注一个问题的人，都能做到。"杨真拿起手机，把微信的页面退出，"比如，虽然微信的页面在屏幕上退出了，但是它依然在后台运行。"

江志伟一脸蒙圈状："手机是手机，大脑是大脑，能相提并论吗？"

杨真说："大自然创造的人脑，可比 IT 男制造的电脑复杂得多，功能也更强大。现在它的潜能，开发并利用的功能还不到百分之十。"

第三章

逆风而行

上级很快就批准了高科技犯罪侦查局成立致毁知识处。

经局党委研究决定，正式任命迟健民担任致毁知识处处长。

高科技犯罪侦查局搬入新办公大楼，各处的人都忙着调试新设备。

迟健民邀请杨真去他的办公室，商议一起重要案件。

待杨真坐下后，迟建民说道："我们发现一起案子，和你所学专业有关，所以请你帮忙分析一下。"他说完，启动手机上的投影功能，在墙上映射出一份起诉书、几份证据和法院判决书。起诉书中，律师代表"不良人体试验受害人"沙阳，起诉中州大学心理学院。

起诉书中描述，沙阳长期接受非法人体试验，被迫在类似刑具的椅子上睡觉，多次被注射不明药物，导致他智力大幅衰退，并对那种药物产生严重依赖，已经严重影响生活。

接下来展示的是安定医院出具的鉴定书。专家虽然没有确认沙阳因为试验导致大脑损伤，但认定他的智力已经明显低于同龄人。

法院判决书中，并没有完全支持原告的主张，也没有认定中州大学心理学院的试验属于非法行为。但是指出，让青少年接受其无法理解的试验，违反科研伦理。

由于原告智力受损，无法上学接受教育，根据权威医院的鉴定结果，以及连带其他民事责任，法院判决被告赔付原告 65 万元。

“一个试验导致少年智力受损，如果属实，不管法院怎么认定，我们都要重新介入调查。”迟健民说。

杨真嘴里默念着沙阳的名字，总感觉很熟悉，却一时想不起来在哪里见过。

“他就是沙阳。”墙上出现一张照片。

杨真想起来了，她在韩津那里见过这个孩子，于是问道：“这个案子和韩津有关系吗？”

“确实和韩津有关。他发现沙阳接受试验之后，为沙阳聘请辩护律师，并在自媒体上披露这件事，制造舆论，向法院施压。”迟健民用激光笔指着判决书上的段落，“其实这个案子并不是我们关注的重点，重点是沙阳体内存在某种新型生化物质，我们要对这种生化物质展开调查。”

杨真知道，现在世界各地实验室，每天都能研制出十几种全新的化合物，程序员也会编写出几十种新程序，生物学家会解读几百段基因。科学技术的发展一日千里，法律的制定完全跟不上科研的速度，但是，对于这些新知识和新技术，必须用法律进行规范，否则就会成为杀人于无形的凶器。

“这个案子交给我们处吧。”杨真意识到，她认为自己比较熟悉的韩津身上，可能还有很多不为人知的故事。

“当动物生病的时候，它就不声不响地静静忍受着，所以我们看见呻吟、憔悴的动物，没有呻吟、憔悴的人多。急躁、恐惧、焦虑，特别是药物，杀害了多少人啊。其实这些人的病是不至于把他们害死的，只要过一段时间就可以好起来的……”

韩津读到这里，把目光从卢梭名著《爱弥儿》转向观众。

他从电视台离职后，由于经费有限，只能租用简陋的教室，里面挤满百余名学生。桌椅实在有限，有人坐在窗台上，有人席地而坐，一双双眼睛里充满真挚、崇拜、信赖和期望。

韩津望着教室里的青年，心里暗暗告诫自己：“多么纯真的下一代啊，我有责任教导他们，我能教导他们！”

韩津把思绪拉回来，举起手里的书。那本旧书开本很小，封面简单。

他 15 岁时读到它，从此深受卢梭思想影响。他大声说道："这本书什么时候出版的？350 年前！在那个没有网络，甚至没有电的时代，卢梭却洞悉了科学技术的罪恶。他是大师，也是值得我们敬仰的哲学家。"

马晓寒挤在观众中，望着慷慨激昂的韩津。

现在，她改名叶寒，网名叫"寒窗"，在网上和"食物权利运动协会"志愿者接触没几天，就被邀请参加今天的活动，当面聆听韩津的教诲。

在她身边，基本都是在校学生。

韩津身后的大屏幕上，讲座的标题《逆风而行》格外醒目，代表韩津要带领他的忠实拥趸，逆时代风潮而上。

他读完几段《爱弥儿》选段之后，合起书本，让观众畅谈自己的体会。

"那时候，人类还没有破坏自然。"

"要是当年人类能听从他的建议就好了。"

"人类总是贪图一时小利。"

"人类中科技之毒，远不止 350 年。"

……

韩津默默地听着观众的讨论，脸上渐渐露出笑容。他觉得，下一代年轻人在他的影响下，渐渐觉悟了，虽然人数还比不上发达国家，但毕竟已经开始。只要是正确的开始，一切都来得及。

他站在讲台上，疾呼：“孩子们，你们是世界的未来，未来的世界是属于你们的。你们能决定它是什么样子。不要恐惧，不要怀疑，你们已经走在正确的道路上。你们是燎原的火种，是成为森林的树苗。回到家里后，你们要用自己的认知，积极劝导家人、亲戚、同学，尊崇天人合一，敬畏大自然。我们由一到十，由家庭到社区，由社区到城市。”

接下来，他给观众介绍美国阿米绪人。这个从欧洲迁移美国的小教派，就拒绝使用任何现代科学技术，结社自居，不与外界来往。

韩津和李瑾曾经到过阿米绪人居住区，远远拍下一些照片。他把那些照片展示给观众。照片中，男人留着大胡子，女人赤裸双脚，都穿着用棉麻做的粗布衣服。那些照片的内容，把观众拉到 19 世纪末的中国农村。

“他们身处科学王国，却坚持不使用任何电子产品，甚至不使用电。看看，他们的身体多么健康，表情多么自然。他们的经历告诉我们，即便远离科技，我们也能活得很好，内心变得更幸福、更充盈，不再承受人为制造的各种压力。

“他们能做到，我们也能做到！尽管我们出生在医院妇产科，从小吃复合奶粉，使用电子产品，在学校被强行洗脑。但是，只要我们认识到，科技就是吸烟，虽然让我们上瘾，只要我们下定决心，不管吸了多少年，还是能对它做到舍、断、离的。不要问自己能不能做到，只问自己想不想做到……”

这时的韩津，根本不像导师，而像传销组织的头目。

韩津还带来一个10岁男孩。韩津演讲时，他就坐在讲台上，将一把枯草编成一个精美的小篮子。

教室里的观众，基本都是来自大学的本科生或研究生。他们看到那个精美的小篮子，自认为自己根本无法编出来。

韩津举起小草篮，让观众欣赏完之后，大声说：“据不完全统计，在科技迅猛发展的当下，年轻人基本中了电子产品的毒，成为第N代‘鸦片吸食者’，把大量时间无故浪费在电子产品上，让他们的身体机能、动手能力急剧退化。用不了一百年，我们都会变成电子产品的附属品。我这里有一个书单，希望大家回去之后，认真阅读这些伟大的著作。”

他的书单中，有隐士名著《瓦尔登湖》，有描写终南山隐士群体的报告文学《空谷幽兰》，有介绍卢德派运动的历史著作，甚至还包括马尔库塞、海德格尔的反科学作品。

接下来，韩津的助手方喆给观众播放《星际迷航》系列中的《叛逆》，讲述一群几百岁的外星人放弃高科技，跑到“巴库星”隐居，创建慢节奏的农村公社。他们经历残酷的折磨，依旧追求返璞归真。

第二部电影是《灵异村》，讲述一群当代美国人厌恶了文明社会生活，在自然保护区深处，模仿18世纪的建筑群，建立小社区，放弃任何与科技有关的产品。他们为了禁止长大的孩子接触外面的世界，经常装神弄鬼。

看完电影，方喆把观众分成几组，讨论听讲座、看电影的心得体会。

马晓寒觉得自己只有引起韩津关注，才能接近他，于是在小组中积极发言，声音还特别大："韩老师，您好！有一个问题我没有想清楚。如果我们建成这样的新社区，也需要欺骗孩子吗？"

韩津走到马晓寒身边，微笑着说："当然不用，阿米绪人就是我们的榜样。他们的孩子直面那些诱惑，并主动与之隔离。我们一定要认识到，不是我们的生活离不开那些有害的东西，而是我们的生活习惯离不开那些东西。只要我们改变习惯，那些东西就会远离我们的。"

韩津告诉观众，美国政府曾经强制阿米绪人的后代到学校接受教育，他们对此进行了不屈不挠的抗争，最后，当地教育主管部门只好放弃。

方喆展示了"生活 1900 生态园"的视频，那里的志愿者纷纷现身说法。他们或是重点高校的博士生，或是世界 500 强企业的白领，甚至曾经是明星……他们已经放弃了过去的一切，来到那里过着日出而耕、日落而息的至简生活。

"我也想成为像他们那样的志愿者，过着至简的生活！"马晓寒拉着方喆的手哀求道。

方喆却委婉地拒绝她："那里的生活非常艰苦，目前还不适合你。如果你强烈要求加入，过段时间再说吧。"

在给高科技犯罪侦查局提供的第一份分析报告中，马晓寒判断，对外称为"生活 1900 生态园"，内部却称为"生态公社"，要想成为其中一员，必须获得韩津的足够信任。她目前离韩津的核心圈，距离还很远。

杨真接到大学同学林慧娟的电话，得知她大学时教生理心理学的教授肖西光去世了。

读大学时，校花林慧娟与其貌不扬、连普通话都勉强过关的肖西光搞起师生恋。同学们一致认为，插在牛粪上的鲜花开不了多久，没想到林慧娟毕业后，就和肖西光走进婚姻殿堂。

杨真来到林慧娟家里，一眼看到挂在客厅墙上的肖西光遗像，遗像下面摆放着三种供果。

"天啊，这是什么时候的事儿？肖老师和咱们年龄差不多吧？"杨真吃惊地问。

"三天前他就走了。"林慧娟哽咽着，"遗体还在太平间里……"

杨真扶着林慧娟坐到沙发上。她望着肖西光的遗像，想起十几年前，他在大学课堂上英姿勃发的画面。

“你们猜，人的尿液中能分离出多少种化学物质？”肖西光用浓重的方言问道。他能说普通话，但是不愿意说。

“十几种吧？”一个男生回答道。

“差得远呢。”肖西光摆摆手。

“几十种？”一个女生站起来问。

“知识的匮乏，限制了你们的想象力。”肖西光幽默地说。

“难道有100种？”杨真大声问。

肖西光说：“截至目前，科学家已经从人体尿液中分离出一千多种化合物。不过，他们还没有搞清楚，大部分化合物在人体里发挥什么效用。”

……

十几年前，没有多少学生喜欢听肖西光的课。上课前，学生本来精神焕发，听他讲半个小时课，大部分学生变得昏昏欲睡，同学戏称他会“催眠大法”。

肖西光讲课不够精彩，却擅长实验设计，动手能力超强，承担学院很多科研任务，在国际著名杂志上，发表多篇有影响力的论文。

林慧娟毕业后，便与肖西光结婚。他们为了避免闲言碎语，主动调到中州大学心理学院。

聊了一会儿，杨真惊悉，肖西光竟然死于自杀。

人体是一座天然化工厂，究竟能合成多少种生化物质，它们对身体发挥什么效用，到现在还没有搞清楚。肖西光从孕妇尿液中提炼出一种活性物质，可以降低子宫里胎儿的发病率，有助于胎儿神经系统生长。

部分心理学家认为，人脑在睡眠时仍能加工信息，但都把它视为自然自觉的过程，没有人想到如何增强这个过程。肖西光反其道而行之，认为某种物质能提升大脑在睡眠状态时处理信息的效率。

他确实发现了这种物质。

这种物质被提炼出来后，为了检验它的功效，肖西光制定试验方案，准备用部分胎儿做试验，但是他却很难找到自愿接受试验的孕妇。

无法找到孕妇，肖西光转而求其次，想在少年身上做试验。

他在城郊废品回收站发现了沙阳，抚养他的叔叔婶子贪图试验费，同意让沙阳接受试验。

那时，沙阳不到十岁，辍学在家，被叔叔婶子视为“白吃饱”“造粪机器”。

经过半年试验，沙阳的智力远远高于10岁少年平均水平，参加小学四年级考试，轻松得满分。他又给沙阳叔叔婶子一笔钱，让他们暗中宣扬沙阳已经在他的实验中提高了智力。

很多望子成龙、望女成凤的家长接踵而来，主动找到肖西光，让自己的孩子接受试验。

肖西光随机选出一批少年做试验。这批试验还没有做完，他的单位突然收到起诉书，称沙阳智力受损，索要巨额赔偿，还附有权威司法部门出具的精神病鉴定书。

肖西光与中州大学心理学院签订的合同存在巨大漏洞。中州大学心理学院的领导利用这些漏洞，把责任全部推到肖西光身上，让他百口莫辩。

65 万元的赔偿款，全部由肖西光个人承担。肖西光和林慧娟的个人存款，几乎全被肖西光花在试验上。他们没有办法，只好卖掉房子和汽车。

肖西光把赔偿款汇到法院账户后便失踪了。三天前，有人在郊区水库边发现他的遗体，警方认定他为自杀。

现在的房子，是肖西光租的“老破旧”，只有五十多平方米的两居室。室内狭小、杂乱，很多东西还在纸箱、包裹里没有拿出来。

林慧娟无法接受现实，更无法接受肖西光会抛下他们母子自杀。她哀求杨真：“老同学，你是警察，一定能查清老肖遇害真相的。我求求你了！”

林慧娟的“警察”二字刚出口，肖西光的儿子肖杰便从卧室跑出来，站在杨真面前问：“阿姨，您真是警察？”

杨真点点头。

林慧娟呵斥道：“大人的事儿，小孩子不要参与，回屋里写作业去！”

肖杰冲杨真喊道：“阿姨，爸爸不是自杀，是有人害了他！”

杨真看看肖杰，对林慧娟说："老同学，我能单独和他聊几句吗！"

"他和爸爸关系非常好，爸爸突然走了，他可能受不了这种刺激……"林慧娟犹豫着说。

"我很正常，比什么时候都正常！"肖杰急得涨红脸。

"老同学，我不会为难孩子的。"杨真拍了拍林慧娟的肩膀。

林慧娟想了想，开门走出去。

杨真让肖杰坐到自己的大腿上，轻声问道："你能不能告诉阿姨，你认为是谁害了爸爸？"

"我的话，您能相信吗？您不相信，我就不想说。"肖杰认真地说。

杨真郑重地点点头。

"害我爸的人，就是接受试验的沙阳！"

杨真从肖杰口中得知，沙阳出生在偏远而落后的山村。他父亲沙子山从小残疾，经济来源少，因此三十多岁还没有娶媳妇。父母托人从东南亚某国买来一个文盲女孩，连汉语都不会说。沙子山家里虽然很穷，但好像比女孩家稍好，所以女孩就踏踏实实地跟沙子山过日子。

沙阳 3 岁时，母亲去集市上买东西，就再也没回来，而且带走了家里所有积蓄。有人猜测，她在网上认识一个网友，和网友私奔了；还有人猜测，她就是以骗婚为生的，两三年就把自己卖一次。

家里一贫如洗，沙子山无力抚养沙阳，就把沙阳过继给弟弟沙子河。

沙子河身体不好，结婚多年都没有生育，在城郊以捡废品为生。

沙阳和沙子河夫妇的关系，一直不太好。他们得知肖西光需要孩子做试验，为了得到那笔补贴，就把沙阳扔给肖西光，从此不闻不问。

接受试验的几个月中，肖西光夫妇把沙阳留在家里，和同岁的肖杰同吃同住同学习。

肖杰发现，无论他和父母对沙阳怎么好，沙阳对他们一直有戒备心理。

有一次，沙阳还偷走家中抽屉里的钱，跑到外面请他那群狐朋狗友吃饭，遭到肖西光批评。

肖杰认为，肯定是沙阳因此对爸爸怀恨在心，寻机报复。

门萨协会、胜寒俱乐部、最强大脑团等网红民间组织的科研实力，跟中科院心理所全国智力测试协会根本无法相提并论。

中科院心理所国家智力检测协会虽不知名，却是权威机构，掌控着全国所有智力测验机构检测结果数据库。

该数据库保存着由各地分会提供的青少年智力检测结果。

分会直属于中科院心理所国家智力检测协会，不受当地教育部门管辖。由于现在的家长受教育程度较高，一般都会结合孩子的智力因材施教，所以基本都支持孩子接受智力检测。

孩子接受智力检测时，还能提前发现孩子大脑发育过程中存在的缺欠，分会的专家提供治疗方案，让一些隐性疾病尽早得到医治。对于检测结果，只限于孩子家长、分会掌握。除司法部门合法调阅外，任何人不得查阅。

因中科院筹备“科学种子研学班”，肖雅雯通过中科院协调，拿到警方调阅许可后，来到中科院心理所国家智力检测协会，查阅几个少年的智力检测数据。

秘书长是肖雅雯的学妹，她们虽然不是同届，但都在学生会担任职务，彼此很熟悉。她接到中科院院长办公室的通知后，就把肖雅雯要调阅的材料准备好。

“师姐，你需要的资料已经准备好了。”秘书长把一摞资料放到肖雅雯面前。

“尚初宇 142 分，冷泉 148 分，夏荣 139 分……都不错嘛！”肖雅雯看完少年的智力检测结果，欣喜地说。

“他们的智力只能算略好，达到标准 9。师姐，咱们的智力检测结果，有些人达到标准 10 的。”秘书长说。

智力检测结果，分为低常、正常和超常三类，每类又细分成从“标准 1”到“标准 10”三个等级。大部分人的智力，都介于正常类的“标准 4 到标准 6”之间。智力属于低常的、生活不能自理的“标准 1”、聪明绝顶的“标准 10”范围的人，少之又少。如果把全国居民的智力检测结果绘制成图，就是枣核形状图，超常智力的人和低常智力的人，都位于枣核两端，不足同龄人口的千分之一。

“139 分还不到‘标准 10’？”肖雅雯问道，“我记得我的智力只有 131 分啊。”

“咱们是什么年代的产物啊。师姐，你不会把弗林效应都忘了吧？”秘书长反问道。

1982 年，美国心理学家詹姆斯·弗林经过大量调查统计后发现，发达国家居民的智力呈逐年上升趋势，以至于智力测验模板十几年就必须升级。这种现象被心理学界称为“弗林效应”。近二十年，弗林效应在中国居民身上得到充分印证，下一代人的智力明显高于上一代人。

肖雅雯问：“这是信息时代的产物嘛。你们协会的数据库中，智力最高的人是多少？”

“185 分。”

“谁家孩子这么聪明？”

“师姐，你这是诱导我犯错误啊！话题涉密了啊，到此为止！”

肖雅雯的保密意识还是比较强的，即便关系再好，不该问的也不能问，于是赶紧打住：“怪我，怪我，不问了，不问了！”

这时，电话铃声响起，秘书长拿起话筒：“什么？我们的数据库遭到黑客攻击……赶紧通知网警介入，绝对不能大意。”

秘书长放下话筒后，表情严肃。

“黑客为什么攻击你们的数据库，想窃取哪些数据呢？”肖雅雯也紧张起来。

“近两年智力达到‘标准9’的人的信息数据被复制了！”

天色渐晚，林慧娟送杨真出门。到了楼下，她小声对杨真说：“肖杰非常讨厌沙阳，所以才说他害死老肖。沙阳才10岁，懂什么呀。我觉得，肯定是他的叔叔婶子受律师挑唆才起诉的。唉，老肖哪当过被告啊，开庭之后他异常紧张，靠吃百忧解（注释二）才能睡觉。他走了，我一点儿都不感到意外，只怪我没有看住他。杨真，你告诉我，他做这个试验，真的违法吗？我作为他的助理，会不会受到牵连？”

杨真说：“科技迅猛发展，法律明显滞后。法律在人体试验，尤其心理学试验方面，比医学试验限制较少。肖老师应该不会因为主持这项试验坐牢的。你作为他的助理，按理说没有法律责任。对了，你们提取的那种生化物质，化学名称叫什么？”

“类环氧丙嘧啶。”

“实验室里还有多少这种生化物质？现在这种生化物质涉案，按照法律要求，我局要对它进行鉴定。必要时你得上缴，接受我们监管。”

“你最好都拿走，我看着那些东西就会想起老肖，心里就堵得慌。走，我们去老肖的睡眠实验室看看吧。”

杨真驾车载着林慧娟，赶往肖西光的实验室。

近些年，大学都在郊外建立新校区，市内的办公楼除被政府征用外，均改为实验室。中州大学批给肖西光两间房子，作为睡眠实验室，并让几个研究生作为他的助手。

肖西光被起诉后，中州大学就关闭了睡眠实验室，把那些研究生分流给其他教授。

林慧娟打开实验室的门，带领杨真走进去。

实验室内，到处落满灰尘，但是仪器设备还在，试验耗材储存柜完好无损，提炼出来的类环氧丙嘧啶完好无损地放在冰柜里。

实验室有两间，外面那间有四十多平方米，肖西光研制的提取设备放在中间。这里虽然是提炼孕妇尿液的地方，却没有任何异味儿，整洁得如同医院里的手术室。

里面那间实验室，也有一套肖西光研制的专用睡眠椅。睡眠椅可以调节高度、倾斜度、光照度。旁边摆放着几台检测生命体征的设备。

“研制这两套设备，得需要不少经费吧？”杨真认真观察两套技术含量颇高的设备，暗自佩服肖西光这个制造高手。如果他不是在这方面过于执着，肯定会成为某家制造企业的工程师，年薪千万都绰绰有余，远比在大学里做一个不受重视的教授强得多。

“开始院里还给拨发几笔经费，后来不知道为什么，就不给拨发了。老肖不想半途而废，就到几个化工厂老板那里化缘，得到几笔投资，才保证试验进行下去。唉，要是知道这个结果，我死活都不会让他做这种事情。”林慧娟睹物思人，悲从心来。

杨真看着试管里的类环氧丙嘧啶，问：“你们自己试用过吗？”

“我和老肖都试用过，确定没有任何副作用后，才给沙阳注射的。”

“看来，它对成年人的健康没有危害？”

“在理论上，我们多次论证过，根本不存在对人体有害的物质。可惜，我们提供的数据，法院并不予以采纳。”

“我可以试用一下吗？”

林慧娟一愣：“杨真，你就那么相信我吗？”

“我相信肖教授。我看过他的试验记录，注射后一小时进入睡眠状态。反正我今天晚上也没事儿，回家就睡觉，不如在这里试试。”

林慧娟为难地说：“可是，我不能在你身边监控啊，肖杰晚上不敢独处。”

“你不是说类环氧丙嘧啶很安全嘛，你帮我注射后，就回去陪肖杰，不用管我。”

林慧娟想了想，同意了。

她们擦拭完睡眠椅，杨真躺在上面。林慧娟取出 10 毫克类环氧丙嘧啶，用葡萄糖水稀释后，注射到杨真的静脉里。

林慧娟在杨真身边观察半个小时，见她没有任何不良反应，就关灯回家了。

杨真很快进入梦乡。

她在一望无际的玉米地里锄草。柔和的阳光照在背上，暖暖的；微风拂在脸上，酥酥的；青草的味道沁入鼻孔，香香的。

只是手里的锄头非常重，每锄一下，都非常吃力。

画风一变，杨真又在跑步机上奔跑，配速不断地变化着。她身后好像有一个人不断地喊，“快，再快一点儿！充分发挥你的爆发力，快！”

杨真又回到田野里割麦子。她拿着一把镰刀，弓着腰，飞快地挥舞着，只是越来越吃力。“姿势不对，不能那么割。把握好节奏，欲速则不达”。出身农村的江志伟在旁边一边示范一边讲解。

她不仅能听到他的声音，还能闻到他身上的汗味儿。

杨真又出现在韩津的“生活 1900 生态园”食堂里。一群猪闯进食堂，围在她脚下，拱她的腿，舔她的脚……吓得她不停地高喊，“韩津，快把你的臭猪赶走！”

无论她怎么喊，却没有一个人出现，耳边只有那群猪的哼哼声和她沙哑的喊声。

杨真被吓醒了，感觉浑身湿漉漉的。

她从睡眠椅上坐起来，喘着粗气，看看表，还不到 23

点，她才睡了一个多小时。她觉得脑袋昏沉沉的，好像类环氧丙嘧啶还在发挥作用，于是再次躺下。

这一夜，她一直处于睡了醒、醒了睡的状态，不断进入各种梦境之中。每个梦境，醒来时她都记得非常清楚，甚至还能想起每一帧画面。

天亮了，杨真不想再睡，从睡眠椅上下来，穿上鞋想活动一下筋骨，却感觉身体异常沉重、疲惫，中气好像消耗殆尽，一下子躺在睡眠椅上。

睡一晚上觉，比做一晚上高考数学题还累。

阳光照进实验室，外面渐渐热闹起来，杨真实在躺不下去了，强迫自己起来，到卫生间洗脸。

受到冷水刺激，她才感觉大脑稍微清醒一些，蹒跚地走向林慧娟家。她每一次抬腿，都感觉腿如灌铅，仿佛要用尽所有力气。

林慧娟看到疲惫不堪的杨真，一点儿都不感到意外："是不是感觉很累？我们在自己身上试验时，也是这样的。"

"不行，我还得躺一会儿。"杨真不管不顾地躺在沙发上，都懒得动一下。她盯着天花板，心里暗想，"注射类环氧丙嘧啶的沙阳，如果每天都有自己现在这种感受，是怎样的一种折磨呢，要忍受什么样的煎熬呢？那些把自己的孩子送到这里接受试验的家长，知道孩子的感受吗？这到底是一种什么性质的试验呢？"

第四章

身边的罪犯

江志伟虽然无法带杨真去看女儿宋梓馨，但是能带她去见父母。

他父母生活在河北省西部太行山的小山村里，距离北京有两个多小时的车程。

卢红雅一直张罗去农村住几天，体验一下农村的生活。杨真把卢红雅的想法告诉江志伟后，江志伟决定带她们回老家转一转，顺便让父母见见杨真这个未来的儿媳妇。

晴朗的周末，江志伟驾车载着杨真和卢红雅，沿着高速公路一路向西。

高速公路两边的田地里，不再是一望无际的庄稼，而是一个挨着一个的塑料大棚。村庄里，不再有低矮的瓦房，而是一栋栋两三层的别墅。

到田里干活的农民，没有一点儿脸朝黄土背朝天的劳作痕迹，而是像城里的白领一样，驾驶轿车，带着笔记本电脑。

农村，已经不是卢红雅印象中的样子。在撤去塑料的大棚里，她看到一个年轻人，遥控着一串水龙头，像天然降雨一样浇灌水稻；另一个大棚里，几架无人机自动喷洒农药……

他们很快就来到江志伟父母所在的山村里。

江志伟打通哥哥江志宸的手机，得知家里人全在地里干活，于是他就带领杨真和卢红雅来到江志宸的大棚里参观。

江志宸大学毕业后，没有留在城市里，而是回老家承包了 200 亩地，搭建 10 个大棚。他把每个大棚里的土地，按 9 平方米的面积逐一分割成小园子，租给城里的“农业爱好者”。“农业爱好者”可以租赁一块或者多块，种植他们喜欢的农作物或者花草。江志宸提供各种种子、化肥，并指导他们种植。

让“农业爱好者”满意的是，每个大棚里的灌溉、除草、施肥、收割等系统，全部链接物联网，他们坐在办公室里，通过手机就能打理自己的菜园子，比多年以前的“偷菜游戏”好玩多了。

更好玩的是，他们通过手机采摘的蔬菜，还能通过无人机送到家里。

这是科技感十足、游戏性质十足的真实游戏，深受城市里男女老少欢迎。

江志宸带领杨真等人参观他的大棚。大棚里个性化十足的小菜园子里，不但有常见的辣椒、生菜、茄子、萝卜，草莓、蓝莓，还有万寿菊、鸡冠花、三色堇、龙葵、荷花、百合，确实非常漂亮。

江志宸说，这里的种子，全部是中科院遗传所推广的太空种子。

江志伟摘下一根黄瓜，与杨真的胳膊比量："这是航遗3号，和你胳膊一般粗吧？"

杨真接过黄瓜，闻了闻，黄瓜香味儿非常浓。她用手掐了掐，感觉特别嫩。她质疑道："这种高科技农产品，应该没有纯天然的好吃吧？"

"免洗的，你可以尝尝。"江志伟说。

杨真还是不敢直接吃："中午吃饭时再吃吧。"

在另一片大棚里，分成大小不一的牲口圈，圈里养着各式各样的动物，有奶牛、黄牛、马、驴等家畜，梅花鹿、野猪、狍子、狼等野生动物，还有德国牧羊犬、边牧、金毛巡回犬等宠物。有的圈里饲养着鸡、鸭、鹅等家禽。

这些动物，也是城里的"动物爱好者"饲养的。

最让杨真感到新奇的是，这些动物全部由雇主远程遥控机器人照顾。那些机器人，不但能给动物喂食喂水洗澡，还能跟动物互动。不论什么动物，在机器人面前，都变得特别乖巧温顺。

10 个大棚里，只有 4 个大学生负责管理。他们并不管理大棚里的植物或者动物，而是负责大棚的物联网维护。

江志伟拿着黄瓜，骄傲地对卢红雅说：“妈妈，这 10 个大棚的控制系统是我设计的。每个棚里有 5 台监控仪，200 个传感器。墒情、虫害、温度，都会根据需要自动提示客户。”

“提示客户？”卢红雅一脸不解。她实在想不到，现在的农民变得和科学家一样，掌握的技能远远超出她的想象。

“监控系统发现哪个园子的某项指标不正常，就通过网络提醒用户怎么办，如打不打农药，要不要保温，施不施化肥等。”

“农药？”杨真弯下腰，查看身边的圆白菜，没有发现任何虫子。她听说，这种圆白菜特别容易生虫，离开农药就没有收成。所以，她基本不买这种菜，担心农药残余超标，危害身体。她指着圆白菜，“上面好像一只虫子都没有，这得打多少农药啊？”

江志宸拿起貌似果汁的瓶子：“这里面装的就是农药，我们的小伙伴们，一旦渴了都喝它。”说完，他还真的喝了一口。

“农药还能当饮料喝？”卢红雅瞪大眼睛，“你确定它真的是农药？”

江志伟说：“妈妈，那是一种中药材的提取物，只能抑制害虫生长，对人体没有任何危害的。”

杨真知道这种农药，就是没想到已经在农村广泛应用。

有一次，她为了打消韩津和他的文人朋友对科技的恐惧，就当着他们的面，喝下类似的农药。她以为通过自己现身说法，能够说服他们，韩津却说她是变魔术，还指责她不要影响他的朋友。

从那以后，他们的关系就疏远了。

“如果当时我知道这种农药是从中药当中提取的，就能说服韩津接受。遗憾的是，我只知道这种农药无害，但不知道真正的原因。”杨真低声说。

江志伟摇摇头，笑了。

“你笑什么？”杨真问。

“你们分手时，这种技术还处在试验阶段呢。你喝的那种农药，依然是化工产物，对人体伤害虽然很低，但还是有的。”

“唉，要是这种农药早几年上市，没准儿我和他都生娃儿了呢。”

江志伟笑道：“谁是谁的夫，谁是谁的妻，都是前生注定的，想跑都跑不了！”

“亏你还是搞研究的，居然这么相信宿命！”杨真打了江志伟一拳。

江志伟用黄瓜抵挡拳头，黄瓜应声而断。他狠狠地咬了一口黄瓜，冲着杨真用力咀嚼。

“不理你了，我陪妈妈逛逛，你麻溜地回家准备午饭。”

杨真说完，嘟着嘴，拉着卢红雅，“妈妈，咱们到那边看看。”

卢红雅出生在离此地 100 公里的村庄里，那里的风土人情和这里差不多。她看到农村发生如此巨大变化，感慨万分，向杨真讲起她小时候的故事。

那时候，农村非常落后，家家都很贫困，种的粮食还无法满足一家人的温饱。她和小伙伴们放学后，就挎着篮子到地里捡拾麦穗。

卢红雅指着大棚里的麦子说：“当年，我一直捡到腰酸背痛也不愿意回家，心里只有一个念想，多捡一些，就能多给家里换一个馒头。在农村生活，实在太苦了，我暗暗发誓，一定好好学习，考上大学，一辈子都不来这里。现在，我曾经无比憎恨的地方，依靠科学技术，变成了人间天堂。呵呵，看来我回来做农民都不合格了！”

杨真说：“唉，当初我还担心江志伟来自农村，心胸狭隘呢。看来，心胸真正狭隘的人，是我啊！”

吃完午饭，他们便返回北京。

路上，江志伟问卢红雅：“妈妈，你对我家乡的印象如何？”

“现代版的刘姥姥进大观园！志伟，我感觉你在家里地位很高啊，我怎么觉得你的父母、哥哥、嫂子都对你言听计从呢？”

江志伟呵呵笑道：“因为我总是把最新的科学技术、物联网知识、最先进的农业经营理念告诉他们啊。在他们眼里，我就是财神。”

“在我眼里，你只能是摇钱树，随便让我摇！”杨真嘻嘻笑道。

马晓寒无法接近韩津的核心圈子，得不到有价值的线索。

杨真决定对“生活 1900 生态园”搞一次突然袭击。

韩津不在，杨真在石屋里转了一圈，没有看到那张警民合作的奖状。此种荣誉，如果换成别的老板，必然会挂在醒目位置，即便别人不问，也会大肆炫耀一番。难道他真就那么低调？

背后传来急促的脚步声。杨真扭头一看，韩津从远处疾速走来。

原来，方喆见杨真不约而至，到处乱转、乱看，又不敢阻止，就去通知在 3 公里外的韩津。

略微寒暄过后，杨真从包里拿出从韩津微信公众号上下载并打印的文章《非法试验至精神残疾，弱势儿童起诉索赔》。

韩津在文章结尾处写道：“据说，搞这种试验是为了提高儿童智力。可笑的是，智力与生俱来，不可能改变。科学家却为了提高一个人的智力无所不用其极，难道这不是史上最弱智的事情吗？”

“这篇文章是你操刀的吧？又在带节奏？”杨真板起面孔。

发现杨真前来兴师问罪，韩津却无比淡定。他把杨真让进茶室，吩咐方喆泡茶。茶泡好之后，他给杨真倒了一杯。

杨真没有喝茶，指指那篇文章，盯着韩津问："关于沙阳的事儿，你是不是还有什么重要的问题没有说？"

"我虽然好善乐施，但沙阳的事儿，可不是我主动替他们出头的。他叔叔婶子找到我，一把鼻涕一把眼泪地求我主持公道。作为公众人物，我不可能相信他们的一面之词。你作为这方面的专家，我征求过你的意见。至于到法院起诉的事儿，就不是我能掌控的了。"

韩津所言不虚，当时他确实征求过杨真的意见。杨真于是调整一下语气，说道："呦，你瞧我这脑子，好像记得不太清楚了。现在这件事已经上了热搜，深受网民关注。作为朋友，我想利用我的条件，给沙阳做一次全面检查，以消弭网民的质疑。听说沙阳一直住在你这里，那就麻烦你把他交给我，我带回去为他做全面检测。"

"沙阳的案子，只是简单的民事纠纷案，法院已经有了定论。至于无聊的网民关注，不过是他们想蹭流量赚点儿小钱而已，我们根本没有必要搭理他们。过不了一周，他们就忘到脑后了。"韩津慢慢地品着茶，用眼角余光打量杨真。

杨真摆摆手："你不要低估网民的力量。这件事儿，一旦无限制地发酵，后果不是你我能承担得了的。"

韩津沉默不语。

杨真所言不虚。很多看似微不足道的小事儿，一旦遭到网友人肉搜索，暴露出什么问题，确实是很难控制的。

杨真以为韩津没有弄清自己的真正来意，刚想做进一步解释，他就问道："杨真，你是代表个人关心我，还是代表高科技犯罪侦查局讯问我？"

"有什么区别吗？"

"区别当然很大。如果你代表高科技犯罪侦查局，我作为公民，当然有义务配合；如果你只是出于自己的某种目的过问，我可以拒绝。"他的意思是，如果杨真拿不出调查令，他完全可以选择沉默。

韩津突然变得强硬，要按法律程序办，让杨真始料不及。

这个案件尚在秘密调查阶段，所以杨真才以韩津的公众号上的文章为由，想接触沙阳了解情况。她不可能直接告诉韩津，高科技犯罪侦查局已经介入此案。

杨真低声说："韩津，不瞒你说，我在肖西光的实验室试过那种生化物质，感觉很不好，担心沙阳受到的伤害远不止这些，我们绝对不能大意。我们不能眼睁睁地看着一个好端端的孩子变得呆傻吧？我的意思是，尽快给他做一个全面检测，把他的受损程度降到最低。"

"他已经不在我这里了。"韩津把双臂抱在胸前，"被好心人领养了。"

“被人领养了？他父亲授权了吗？”

“沙子山？呵呵，他生孩子，完全是满足生理需要的附属品。管生不管养，更不管教育，还不如老百姓养猪呢。当然，领养人还没有到民政部门办理领养手续。他只是见沙阳可怜，接到家里照顾几天。如果沙子山反对，他就会把沙阳送回沙子山身边。你真的试过那种不明生化物质？不要命了？”

杨真呵呵笑道：“我只是感兴趣而已，万一类环氧丙嘧啶真能提高我的智力呢，我不就变得和你一样聪明了嘛。不过，我现在能肯定的是，那种试验确实是非常人能忍受的，我担心长期接受试验的沙阳，在生理、心理上会产生创伤。我们局有这方面的专家，应该能给他提供一定的帮助。”

韩津依旧没有把双手放下，打量着杨真：“高科技犯罪侦查局人才济济，也曾查获很多非法科技研究成果。但是，据我所知，你们并没有把那些研究成果销毁，而是秘密储备研究。”

“我们的职责是阻止高科技犯罪，必须对其研究啊。我们只有全面掌握那些致毁知识的危险，才能采取针对性的措施。”

韩津愤愤地说：“我就是普通老百姓，想不了那么多，也管不了那么多。但是，良知会让我阻止沙阳再进入任何实验室！太阳底下最邪恶的地方就是实验室，人类本来生活得好好的，就是因为科技，把生活的本相全部改变了，把人逼成不断攀比的机器！”

杨真猛地站起来：“韩津，你是不是三流科幻片看多了？是不是怀疑我们拿他研制秘密生物武器？”

韩津抓起杨真面前那张纸：“我的想法在这上面已经说得很清楚了。杨真，不管你们出于什么目的，都不要再打沙阳的主意了好吗？只要我还活着，就不会让他成为试验品。他是人，活生生的人，不是小白鼠！”他说完就愤愤离去，把杨真晾在茶室。

碰了一鼻子灰的杨真，灰溜溜地回到高科技犯罪侦查局，把沙阳的照片交给行动处的许清扬，让他给马晓寒传过去。如果沙阳还在“生活 1900 生态园”，要她及时汇报。

收到沙阳照片三天后，马晓寒就汇报，韩津开讲座时，让沙阳表演编织技能。

市公安局防诈中心监控网络显示，本市区一个固定的 IP 地址在短时间突然进行大额资金转账，而且都在晚上进行，明显异常，便通报给市公安局经济犯罪侦查支队。

经济犯罪侦查支队的网警通过 IP 地址，查到实际地址在衡山山庄 11 栋别墅，户主郭晋龙，是金龙食品公司的老板。

经济犯罪侦查支队副支队长袁立群带领警察李悬和马犇赶到郭晋龙家里，向郭晋龙出示搜查证之后，提出检查他家里所有手机和电脑。

55 岁的郭晋龙，离过三次婚，现在和第四任妻子唐梅莉、两个男孩一起生活。34 岁的唐梅莉，原是一家夜总会的侍唱，因为年轻漂亮，深受郭晋龙宠爱。两个人交往一段时间后，郭晋龙抛弃第三任妻子，把她娶到家里。

郭晋龙担心肤白貌美的唐梅莉给他戴绿帽子，就禁止唐梅莉参加一切社会活动，在家里照看第三任妻子生下的儿子郭晓宇。

文化水平低下的唐梅莉，只要有足够的钱花，一切都懒得过问，甘愿在家里当阔太太。她的日常生活，除了照顾郭晓宇吃喝，就是花钱购物、玩电脑游戏。

“我做正经生意，生产销售全部合规合法，你们为什么检查我家里的手机和电脑？”郭晋龙大声质问。

“既然一切合规合法，就请你配合我们搜查。”袁立群和颜悦色地说道。

“查就查吧。”郭晋龙意识到，警察绝对不会平白无故上门搜查。既然自己一身清白，也不怕任何搜查。他把家里的手机、笔记本电脑全部搬到书房内，让袁立群等人检查。

“晚上你经常向别人进行大额转款吗？”在李悬、马犇检查时，袁立群问道。

郭晋龙说：“公司虽然是我一个人的，但我一直遵守公司的财务制度。凡是业务资金往来，都由公司财务负责。我的个人消费，也就是请客吃饭，或者节假日给亲朋好友发红包，其他也没什么，在家里一般很少进行资金转账。不怕你们笑话，我不太相信手机银行的安全性，也怕手机丢失引起不必要的麻烦，所以手机绑定的银行卡账户里的钱不是很多。”

李悬和马犇通过技术手段，查到郭晋龙的个人银行账号里，近一个月内的21点到23点之间，转出180万元。

郭晋龙看到转账记录，才知道自己在一个月内丢失了这么多钱。

“这台笔记本电脑，一般都放在哪里？”袁立群问。

“就放在家里。我的网络银行账户很少使用，只给我和媳妇的手机支付账号转款，但是我基本不在晚上转款。警官，我的电脑是不是遭到黑客攻击了？那些钱都转到哪里去了？”郭晋龙得知自己的账户上一下子丢失这么多钱，有点儿语无伦次。

“这笔钱分别转入多个账户，现在已经提现了。”李悬说。

“是不是追不回来了？”郭晋龙问。

“我们会继续查下去的，等有了结果通知你。郭总，你的个人账户一下子少了这么多钱，你就一点儿都不知道吗？”袁立群问。

“我真不知道，知道早就报警了，还等你们找上门吗？我家里只有我媳妇和两个孩子，他们应该不会动我的电脑啊，肯定是黑客转走的！”

“你的账户上还有一大笔钱呢，如果是黑客所为，绝对不会给你剩下这么多。”马犇指着银行账户对郭晋龙说。

郭晋龙把唐梅莉叫来询问，唐梅莉对此矢口否认。

这时，两个男孩一前一后走进书房，见书房里有三个陌生人，站在门口没有动。

袁立群打量前面的胖男孩，总感觉在哪里见过。他仔细回忆一下，感觉他像胡文盛挟制的那个人质。

后面的男孩，非常瘦弱，眼神略显呆滞。

“大人在谈事儿，你们到自己屋里玩去。”唐梅莉把两个男孩推出去。

经过技术鉴定，袁立群等人确定郭晋龙家里的手机和笔记本电脑，均未遭到黑客入侵。

“郭总，你的笔记本电脑一直放在书房里吗？”袁立群问。

“现在手机如此先进，我除了给自己和媳妇转款，基本不会动它。它一直放在我的书桌上。”郭晋龙肯定地说。

袁立群打量书房，发现书桌后面有很多装饰挂件，看样子应该是在景区购买的纪念品。他冲李悬、马犇努努嘴，示意他们检查书桌后面是不是有摄像头之类的东西。

李悬拿出仪器，细心地检查一遍，没有发现类似摄像头的东西。

“没有黑客入侵，180 万元就是从这台笔记本电脑上转走的，那么如郭晋龙所说，这台笔记本电脑一直放在他的书桌上，这笔钱是什么人转走的呢？应该是郭晋龙或者他的家人。”袁立群想到这里，就问郭晋龙，“郭总，你确定这笔钱不是你自己转出去的？”

郭晋龙着急了：“警官，这是我自己的钱，我自己转出去的话，怎么会转给那么多账户呢？而且，我的钱都非常干净，来源经得起任何调查，没必要隐瞒啊。”

“你一个月给媳妇多少钱，够她花吗？”袁立群转移话题。

“我一个月给她 10 万元，足够她花了。你们不用怀疑她，她就是一个胸大无脑的人，除了购物啥都不会，新手机一时半会儿都弄不明白。再者说，她要多少钱我就给多少钱，从来不问去向，她也不至于偷啊！”郭晋龙肯定地说。

袁立群没有说什么，起身和李悬把唐梅莉带到一个房间，单独讯问。

唐梅莉从来没有和警察打过交道，吓得脸色苍白，失声问道：“警官，你们是不是怀疑我偷走他的钱？我要那么多钱干什么用？他一个月给我 10 万元，我都花不了。这么多年，我已经攒下二百多万了。”

唐梅莉说，她来自偏远农村，是家里的独生女。父母虽然是农民，但也能维持小康水平。她嫁给郭晋龙时，郭晋龙主动给她父母 200 万元彩礼，一辆价值 50 万元的轿车。前两年，还出资给父母建了一栋三层别墅。

她自认为，自己来自农村，文化水平低下，能嫁给郭晋龙，是自己的运气好。因此，她一直感激郭晋龙，也很珍惜当下富足的生活，从来不向郭晋龙提过分的要求，更不过问他的私事。

结合唐梅莉的表情、肢体语言、前后表述的逻辑分析，袁立群确定她没有说谎。于是，他转移话题："你平时给儿子多少零花钱？"

"老郭说，儿子都穷养，现在孩子还小，基本不给他们零花钱。"

"这样吧，你让郭总到我们支队报案。立案之后，我们就可以让其他兄弟省市的同行协助调查了。"

袁立群等人走出别墅，来到院子里，看到那个瘦弱的男孩正在院子里玩。无论相貌还是气质，他都不像郭家人。

"他是你家孩子吗？"袁立群问郭晋龙。

"不是，是我最近收养的。"见袁立群关注那个孩子，郭晋龙一脸自豪，"他就是那个接受肖西光非法人体试验的受害者，他叔叔婶子拿到赔偿款后把他遗弃了，无家可归，到处流浪。我见他可怜，就把他领回来了。"

"你真是大善人！社会上的有钱人，如果都像你这么善良，我们就不会那么累了。"袁立群说完，辞别郭晋龙，坐上警车离去。

"支队长，我觉得这笔钱就是母子联手转出去的。"李悬一边开车一边说，"那个胖男孩可不简单，现在警方怀疑是他把胡文盛推下楼的。”

“他才 11 岁啊！”袁立群嘀咕道。

“你没看过《小鬼当家 8》吗？现在的孩子，神道着呢，只有咱们想不到，没有他们做不到的！”马犇说。

杨真驾车离开“生活 1900 生态园”回到市区，已经是下班时间，决定直接回家。

走着走着，她便来到江志伟和朋友创办的医疗机器人公司。她想突然出现在江志伟的办公室门口，看看他是什么表情。

杨真停好车，到一层商店购买一些江志伟爱吃的零食，乘电梯来到公司。前台小姐认识杨真，告诉她，江志伟在会议室和工程师开会。

“不用叫他，我到产品展览室看看。”

产品展览室内，陈列着公司研发的几代产品模型。一个小女孩站在展览台前，认真阅读产品说明。

听见脚步声，小女孩扭头看到杨真，顿时愣住了。

“梓馨，你怎么在这里？”杨真蹲在宋梓馨面前，“饿吗？吃点儿东西。”

“谢谢杨阿姨，我不饿。”宋梓馨用手摸着杨真的脸，“杨阿姨，你真漂亮。您的礼物我收到了，我非常喜欢，谢谢您！爸爸一个星期没有去看我了，我想他，就过来看看他。您也想他了吗？”

杨真觉得宋梓馨非常可爱，对自己一点儿都不排斥，非常开心。她点点头：“我和你一样，也想他了。他接到卫计委一个大订单，能赚好多钱。等他忙完了，就有时间陪咱们了。”

宋梓馨点点头：“我知道。杨阿姨，这些都是爸爸设计的产品，非常好玩好看，您能给我讲讲它们的功能吗？”

宋梓馨非常可爱、乖巧、懂事，甚至有点儿令人难以接受的通情达理。她的表现，和那张娃娃脸极不相符。

一点儿都没有 10 岁孩子的样子。

她的表现，让杨真想到患上垂体激素紊乱征的病人。成年人患上这种病，身材像孩子，思想却成熟，言谈举止和身材相貌反差极大。

宋梓馨很健康，却很成熟。

江志伟经常和杨真描述这些机器人的研发原理、功能及用途。现在，杨真结合说明，给宋梓馨讲述。

她介绍完几个机器人后，问道：“梓馨，今天妈妈怎么没陪你来呢？”

宋梓馨说：“今天就是妈妈送我过来的。刚才她接到一个电话，要离开一会儿，晚上再来接我。”

这时，江志伟出现在产品展览室门口，静静地望着无比亲热的两个人。

宋梓馨扭头看到江志伟，立即跑过去："爸爸，杨阿姨给我讲机器人呢。她讲得真好，好像是研究机器人的专家。"

"我来投喂你。"杨真举起食品袋。

"谢谢！"江志伟看看表，"咱们一起吃晚饭吧。梓馨，晚上想吃什么，爸爸请客。"

"你带梓馨去吃吧，我还有事，先走了。"杨真说完，亲了一下宋梓馨，转身离去。她之所以离开，是担心遇到宋梓馨妈妈。

杨真怅然地回到家里。

这套房子，是她父亲生前购买的，妈妈改嫁之后，她一个人住在这里。

现在，这里成为她和江志伟的爱巢。只不过，在这个爱巢里，她爱得有些辛苦。

她躺在床上，望着天花板，感觉心里堵得慌。已经是晚上 8 点钟了，她却没有一点儿饥饿感。她躺着躺着，便迷迷糊糊地睡着了。

钥匙插进锁孔的声音，把她惊醒。她起身一看，江志伟站在门口。

"她们娘俩——走了？"杨真问。

"走了。"江志伟见餐桌上非常干净，"你没吃饭？"

"减肥呢！"

现在，她深切地感觉到，卢红雅和肖雅雯对她嫁给二婚男的顾虑，绝对不是杞人忧天。在江志伟、他前妻和宋梓馨面前，她就是一个多余的人。

江志伟不知道说什么好，背对着杨真坐在床上。

尴尬地度过几分钟后，杨真低声问：“你觉得梓馨哪里不对劲儿？”

宋梓馨成长过程中的琐事，一幕幕地闪现在江志伟的脑海里。

宋梓馨两岁时，他带她在小区广场玩。他指着长椅上“油漆未干”4 个字说“欢迎就座”。她立即纠正说是“油漆未干”。

江志伟吓了一跳，他还没有教她读书识字，她怎么能认识字呢？

宋梓馨读幼儿园小班时，其他孩子从 1 数到 100 都非常困难，她却能用英语流利地从 1 数到 100。其他家长向他询问教育方法，他却一无所知，还因此引起一些不快。

前妻宋春霞是生物学博士，供职国内一流的基因工程公司华盛集团。他们夫妇在家里，谈论的都是科研方面的话题，几乎没有时间看电视。为了不让宋梓馨吵闹，就丢给她一个 ipad 玩。她 5 岁时，江志伟偶尔查看她的 ipad，发现她既不玩游戏，也没有看动画片，而是经常登录果壳网、知乎网等各种科普网站。

“她的童年，该有多无聊啊！”杨真感叹道。现在，她的注意力已经完全转移到宋梓馨身上，感觉宋梓馨与正常的儿童完全不一样，但是她又无法理解，是什么原因导致宋梓馨变成这样。

江志伟继续回忆："她上小学没几天，就一直哭闹，死活不愿意去学校。理由是，老师和同学都很笨，与她完全是两个世界的人，根本无法交流。我和宋春霞被班主任多次叫到学校，班主任说梓馨非常另类，上课不但不注意听讲，还经常质疑老师；经常笑话同学幼稚。宋春霞认为，梓馨成绩非常优秀，这些问题在梓馨长大后自然会消失。我认为，即便梓馨再优秀，也应该和老师、同学好好相处。我和宋春霞在教育梓馨的方式上存在严重分歧，经常吵到不欢而散。直到我们离婚，梓馨也没有一个好朋友。能跟她互动的，都是我的学生或同事。"

杨真诧异："她的朋友都是成年人？"

"是的。"

杨真这时才明白，为什么宋梓馨在她面前表现得如此成熟。

江志伟说："宋春霞非常在乎梓馨的智商，总是张罗找权威部门为她检测，每次都被我阻止。我知道，梓馨的智商肯定不低，但情商不一定高，这会让她的成长过程中充满痛苦，毕竟没有人能脱离社会单独存在。我主张给梓馨报一些社会活动班，宋春霞主张给她报益智班，我们因此经常争吵。我认为，孩子再聪明，智商再高，首先她应该是一个人格完整的人。智商高，人格不完整，极易走上某种极端的。”

杨真问：“怎么不把她送到超常班呢？”

“你是指许彦波读过的那种少年大学生班吧？那是拔苗助长！”江志伟摆摆手，“我宁愿让梓馨像正常人那样按部就班，也不愿意让她接受与人格发育不同步的培养。”

在江志伟心目中，少年大学生班里，都是有缺陷的怪才，充其量是学习、做题的机器，并不是完整的人，很难适应社会，连基本的正常生活都做不到。

杨真认为，江志伟的想法有些偏激、片面。现在有很多从少年大学生班走出来的人，已经成为某个领域的科研带头人、企业高管，名利双收，身价都不低。

她说道：“什么事物都有一个发展、完善的过程。少年大学生班前几届学生，可能存在这样或者那样的不足，但是经过几十年的发展，现在的教育模式、培养方法已经相当完善了。许彦波和肖雅雯就在筹备全新教育模式的少年研学班。”

江志伟一愣：“许彦波？他还想办少年班？”

“他们正在物色一批少年，培养一两年后直接送入大学。如果你愿意，可以给宋梓馨报名。那里少年的智力，和她都差不多，应该有共同话题。”

江志伟犹豫了。

杨真继续说道：“我知道你担心什么。我们不得不承认，梓馨的智力明显高于同龄的普通孩子，为什么非要让她和普通孩子一样呢？如果她是红杉种子，我们要求她过杂草的生活，不是同样违背她的天性吗？现在有一个适合她的成长环境，我们为什么不把她送到那里去呢？”

周日，宋春霞带领宋梓馨来到市图书馆。

很多家长为了防止孩子在家里玩手游、看电视，就把孩子带到这里。这里读书氛围好，受其他孩子感染，很多孩子都安静地读书。

大部分孩子，多在四楼少儿阅览室看漫画，宋梓馨却执意到三楼成人阅览室，挑选一本名为《超越弗林效应》的科普书，孤单单地坐在角落里，认真地阅读。

宋春霞的上司孙玉峰，也是她的研究生导师。十几年前，孙玉峰带领他的学生下海创业，成立国内首家基因测序公司。经过十几年的发展，现在已经成为行业龙头公司。

宋春霞接到孙玉峰的电话，要她马上到公司开会。她告诉宋梓馨，在这里好好读书，不要到处乱跑，等她开完会就来接她。

宋春霞走后，宋梓馨东瞧瞧，西望望，好像在寻找什么。以前，成人阅读室里只有她一个孩子，今天却出现一个男孩，而且拿着书向她走来。

男孩坐到宋梓馨对面，认真翻看名叫《中枢神经系统发育和再生》的书。

他的年龄应该和她差不多，但身高比她矮。

“我知道你的测验结果了，你想知道是多少吗？”男孩子向左右看了看，低声说。

他虽然和宋梓馨说话，眼睛却盯着书本，姿态好像是革命时期地下党接头。

“多少？”宋梓馨悄声问。

“185，第一名。”

“全市第一？”

男孩摇摇头。

“全省？”

“你是中国智测史上得分最高的人。”

宋梓馨预料到自己的得分会很高，没想到会高到这种程度。她无心看书，也不看身边的男孩，好像非常难过似的。

“是不是觉得自己不太正常？”男孩小声问。

“我早就觉得自己不正常。”

眼泪顺着宋梓馨的面颊流下来。她觉得自己会被身边的人视为异物，她的想法、判断、认知，都不会被身边的人认可，而且还会遭到他们无情压制。

她抽噎着说：“妈妈只会逼着我学习，爸爸一直觉得我有病。他们都不理解我。我感觉我生活在与世隔绝的黑洞里。我能看到任何人，任何人却看不到我。”

江志伟和宋春霞离婚前，宋春霞曾多次把宋梓馨带到她任职的公司做基因检测。每次检测之后，宋春霞都告诉宋梓馨，她的检测结果，和普通孩子没有任何区别。

对于宋春霞的话，宋梓馨并不相信。她偷偷记下检测所需的检测仪器和试剂，然后在网上、图书馆查阅相关资料，得知宋春霞一直在欺骗她。

“别相信大人的话。在他们眼里，孩子都是实现他们未实现梦想的工具。”男孩握着小拳头，斩钉截铁地说，“也不用怕他们。那么多博士教授，不也被我耍得团团转嘛。只是——”他指指自己面前那本书，“要搞清楚书里的内容，仅靠我一个人不行。我识字不多，知识量不够，你得帮我。”

宋梓馨毫不犹豫地点点头。

第五章

伪　　装

杨真回到家里，准备好晚饭，得知江志伟晚些回来，就拿出许彦波送给她的《心理学报》，翻开他写的论文。

大部分中国人，会把“性向”理解成“性取向”的简称。其实，它源于英文“aptitude”，指一个人的行为倾向，或者动物的习性。对人类个体而言，“性向”既指“能不能做某件事”，又指“想不想做某件事”。在心理学中，“性向”概念用于研究能力，尤其在智力测验和职业心理测评中使用频率最高。

许彦波是当年第一届少年大学生班学生，时代的宠儿。不料，他却成为现代版的方仲永，在起起落落的人生中，一直在追问什么人才适合当科学家，什么人才能成为真正的科学家。他与同学、同事的经历，以及科学大师成功失败的案例，他都用来诠释这个问题。

肖雅雯告诉他，既然科学界已有“性向”概念，他们不妨就此提出“科学性向”新概念，并进行“科学性向测验”。此实验内容为，同一个班级的孩子，谁将来更有可能从事科研工作；在科研院所供职的人，谁能获得真正的成功，谁是上班混饭吃的人。

他们一拍即合，开始合作，并在合作过程中产生感情，结为夫妻。

开始时，他们找出各种版本的职业性向测验文献，把其中涉及科学的条目挑出来，编辑到一起后，发现这些测验都是预测性文章，对他们的实验推理论证没有任何帮助。

到底什么是“科学性向”的关键？怎么找到它、剖析它？有一天，他们在讨论中顿悟，像阿基米德从浴缸里获得灵感一般，感觉苦苦寻找的答案突然出现在眼前。

科学，无非是从已知走向未知。一个孩子遇到问题，可以请教长辈、查阅资料。科学家却不能这么做。他们已经走在科研前沿，遇到未知问题必须自己探索。在这期间，他们要投入大量的精力、财力和心力，并且随时面对各种失败。即便在一个领域的一个角落里摸索一辈子，可能依然一无所获。

不过，这就是科研的魅力所在，让很多人对它孜孜以求。

有了坦然接受失败的心理准备，许彦波和肖雅雯便自拟课题，重新编排《科学性向测验》。他们向中小学生、家长、老师展开问卷调查，建立数据模型，编写出《科学性向测验·少儿版》论文。

读完论文，杨真想到了宋梓馨。

江志伟回到家，他们边吃边聊。杨真把话题引到宋梓馨身上。

“她从什么时候开始阅读科普书籍的？”杨真问。

江志伟想了想：“应该不到5岁。她阅读的第一本书是《星空的旋律》，属于天体物理学科普书。”

“你说过，她从小就爱玩套装科学实验包，里面设计的实验，她都能认真完成吗？”

“她不但能按照说明书操作，自己还设计实验方案。她周围的孩子，一项实验做不完就放弃了，因为他们觉得那种游戏枯燥无聊。”

“她为什么不喜欢和同龄人玩？还是同龄人不喜欢她呢？她是不是喜欢掌控同龄人，因此遭到同龄人反感？”

“今天你的问题怎么这么多？”江志伟觉得杨真有点儿不正常。

“被你看出来了？哈哈，你等一下。”杨真拿过许彦波的那篇论文，“我觉得宋梓馨的‘科学性向’一定非常高。”

“根本不用参考这玩意儿，我早就知道她在这方面有天赋。她能不能成为科学家，搞不搞科学研究，不是我关心的。

作为父亲，我只希望她成为健康、快乐、善良的人。这一点，这种试验能检测出来吗？”

“晓寒，把这份资料打印出来。”

杨真走进办公室，习惯性地招呼马晓寒。她们共事一年半，她已经把马晓寒当成助理。听不到熟悉的应答，她才想起马晓寒已经外出执行任务了。

“处长，我帮你打印吧。”身材高挑的张语桐站起来。她不是通过公务员考试进入高科技犯罪侦查局的，而是局里从中科院自然科学史研究所直招过来的。她的研究方向就是致毁知识，在局里能发挥她的优势。

“小张，你打印完这些资料，和我出去一趟。”杨真把U盘交给张语桐。

张语桐很快便打印完资料，兴高采烈地钻进杨真的车。

杨真边开车边向张语桐介绍，马晓寒发现沙阳被一个名叫郭晋龙的商人收养，她怀疑郭晋龙另有目的。

张语桐问：“杨处，咱们现在去找韩津，还是去找郭晋龙？”

“当然去接触郭晋龙，看看他的葫芦里到底卖什么药。”

路上，杨真向张语桐大致介绍了韩津和郭晋龙的关系。

韩津研读二十多年《爱弥儿》，深受卢梭“自然教育”理念影响，认为现在的孩子被关在学校里，强制接受洗脑，陷入反自然的成长模式。他想用一些孩子做试验，让他们远离学校，接受他倡导的自然教育法。

可是，那些成年粉丝即使喜欢听他的讲座，喜欢他的作品，但听说让自家孩子不上学，放弃文凭，都不敢让自己的孩子尝试。他的忠实粉丝郭晋龙，虽然身价不菲，也不敢让儿子放弃学业。

只有沙阳的叔叔婶子，为了一笔补偿，才让沙阳参与韩津的试验。

“郭晋龙为什么要收养沙阳呢？”张语桐问，“难道仅仅是出于同情沙阳的悲惨身世？”

杨真说：“现在世界各国均出现反对现代学校、抵制义务教育的家长。他们把孩子关在家里，按照自己的理念进行教育。但是，剥夺孩子的受教育权，在任何国家都是违法的，在我国更是如此。韩津知道其中的利害关系，便把他的教育理念灌输给他的粉丝，让粉丝拿自己的孩子验证。我猜测，郭晋龙可能中了韩津教育理念的毒，又不敢拿亲生儿子试验，就收养了沙阳，想用沙阳验证韩津的教育理念。”

聊着聊着，她们就来到郭晋龙家，出示工作证后，要求进屋调查。

唐梅莉不敢让她们进门，便给郭晋龙打电话。

听说警察上门，郭晋龙急忙驱车回家，发现不是经侦支队的袁立群，而是高科技犯罪侦查局的杨真和张语桐，稍稍放心，便把她们让进客厅。

杨真简要说明来意。

郭晋龙立即把沙阳喊出来，让他坐到自己身边。

现在的沙阳，头发已经有了光泽，皮肤也红润了，只是见到陌生人那种羞怯的表情依然没变。

杨真告诉郭晋龙，她这次来，是想带沙阳到局里做一次系统检查，看看他的神经系统是否受到损害。

沙阳听到杨真要带他做检测，立即抱着郭晋龙的胳膊哭喊：“郭伯伯，我不想做检测！您让我做什么都行，我就是不想做检测！”

见沙阳异常恐惧，杨真耐心地向他解释：“沙阳，你的大脑可能受到损害，我们出于为你的健康负责，才免费为你做检测的。你放心，我们局是国家权威机构，还可以和国内A级实验室合作。这种检测，高效快速，不痛不痒，你很快就会回来的。”

听到“实验室”三个字，沙阳顿时号啕大哭：“郭伯伯，求求您，她们会害死我的，您千万不能答应她们！”

沙阳哭得撕心裂肺，杨真有些不知所措。

她联想到自己在注射类环氧丙嘧啶后，那种如海啸席卷而来的疲倦，断定沙阳肯定在试验中遭受了常人难以忍受的痛苦，才导致他对检测如此恐惧。

唐梅莉听到沙阳的哭喊声，从楼上跑下来："别管他，这孩子撒谎成性。家里丢失的那笔钱，就是他偷的！"

"警察没问的事儿，你瞎叨叨什么？滚回去！"郭晋龙冲唐梅莉怒喝。

"就是他干的，还想赖到晓宇身上！"唐梅莉根本不把郭晋龙放在眼里。

郭晋龙怒不可遏，起身走到唐梅莉跟前，猛抽她两个耳光："败家娘们儿，滚一边儿去，别给我丢人现眼！"

两口子不管不顾地大打出手，用恶毒的脏话问候彼此的八辈祖宗。

杨真和张语桐实在待不下去了，起身离开。

杨真驾车走了一段路后，张语桐发现不是回高科技犯罪侦查局的方向："杨处，咱们不回局里吗？"

"两口子好像对家里丢失的那笔钱非常敏感，听他们的对话，好像经侦支队的人已经介入了。咱们去经侦支队了解一下情况。"

在司法系统内部有规定，地方公检法部门，都有义务配合高科技犯罪侦查局的工作。

杨真见到袁立群，说明来意。

袁立群介绍道："根据我们近几天的调查，所有证据都表明，郭晋龙的儿子郭晓宇盗走那笔钱的嫌疑最大。他通过摄影头，获得郭晋龙网上银行的密码，为了防止郭晋龙追踪款项，他把那些钱汇入一个洗钱组织的账号，经几次转账之后，他再提现。胡文盛就是洗钱组织的‘骑手’，负责给郭晓宇送现金。没想到他们在交易过程中，遇到警方追踪。他和胡文盛跑上天台。他为了不暴露身份，便把胡文盛推下楼摔死，他自己乘乱离开。”

杨真难以相信，一个十几岁的孩子，竟然能如此缜密地作案。她看完卷宗，感觉似乎只有袁立群推断的这一种可能。

“那笔现金找到了吗？”张语桐问。

袁立群说：“也就差这个环节没有得到证实了。案发之后，郭晓宇的活动范围，只限于学校和家庭两点一线，这一点有监控视频证实，并且没有接触任何可疑的人。”

杨真从证据袋里拿出郭晋龙账户的转账明细单，发现首笔可疑转账，发生在沙阳入住郭家的第五天。

杨真拨通郭晋龙的手机，询问沙阳是否经常出入小区。

郭晋龙告诉她，他担心沙阳独自在家闷得慌，就给他办了一张门禁卡，他随时都能进出小区。

“你认为是两个孩子联手作案？”等杨真打完电话，袁立群问道。

杨真说：“对于这么小的孩子来说，面子和交情大于一切。郭晓宇应该不缺钱，应该不会偷父母的钱。如果是他所为，也应该是协助沙阳。”

“杀人怎么解释呢？他们为什么要杀人呢？”袁立群一直

想不通，郭晓阳的杀人动机是什么。

“为了避免家长责骂。”杨真一语道破，“在他们看来，没有比家长责骂更严重的事情，包括杀人。”

袁立群勉强接受杨真的推断，立即派李悬调查那笔钱的去向。

李悬到银行调取沙子山、沙子河的资金往来明细，发现除了肖西光给他们的那笔赔偿款，这段时间他们的账户并没有大额存款。那笔 65 万元赔偿款，只少了 5 万元，是沙子山用于翻修房屋了。

杨真断定沙阳和郭晓宇联手盗出那些钱，但她心中还有一个疑问。如果是沙阳策划这起让经侦支队警察都感到棘手的案件，那么他应该具有什么样的智力？他的智力不是受损了吗？难道检测结果有误？

按理说，在学校学习都非常吃力的他，辍学后便生活在垃圾站里，智力不可能突然提高。难道是他接受肖西光的试验之后，智力发生了变化？

法院认定肖西光犯罪，是根据当地心理学会和安定医院对沙阳智力的检测结果。

杨真到当地心理学会和安定医院调取了沙阳智力测验结果。

心理学会和安定医院都采用常见的韦氏智力测验中文修订版，对沙阳进行检测。鉴于“弗林效应”已经很明显，两家都采用三年前推出的最新修订版。

杨真把两家的测验结果放在桌上，逐项进行对比。

智力检测不像学校的考试，答题人从题目上看不出出题人要考察什么。为了避免答题人刻意回避自己的真实判断，会有很多同类测验题以不同形式出现。首次接受测试的人，很难摸清其中的规律。为了避免被检测人故意答错，或者故意规避，问卷里还会设置很多假问题掩盖检测的目的。

对于七八岁、十一二岁的孩子，不可能识别测试题中的陷阱。他们接受检测时，提供的选项，基本都是他们真实的认知和判断。

但是，还是不乏有理解能力、逻辑能力、解读能力超强的人，故意掩盖自己的真实想法，把检测结果引到错误方向。

沙阳是不是这种人呢？

看来还得重新复盘肖西光的试验。

杨真联系林慧娟，却怎么也打不通她的电话，只好把复盘肖西光试验的计划搁置起来。

杨真通过沙阳的事情，突然对宋梓馨更加担心。

宋梓馨也是智力超常的孩子，如果不进行正确引导，她会做出什么不可思议的事情呢？

她决定和江志伟拜访这方面的权威——许彦波和肖雅雯。

到目前为止，许彦波还保持着全国考入重点大学考生年龄最小的纪录，也属于智力超常的人，他应该了解智力超常孩子的心理。

许彦波听说杨真发现两个智力超常的孩子，像发现宝贝一样兴奋，追问孩子的智商是多少。

江志伟说："也许她妈妈带她检测过。我根本不相信那玩意儿，也没有关注过，不知道检测结果是多少。"

"老江，以同样的方式训练聪明的边牧和传统的家猪，最后必然会把聪明的边牧变成愚笨的家猪，对社会的作用，就是提供自己的一身肉。"许彦波激动地说，"也许你认为我就是智力超常的人，现在依然活得很普通，甚至把我的普通归咎于少年班拔苗助长的教育方式。你要认识到，世界上任何试验都会失败，我只是一次试验失败的产品而已，不能因为我的失败，就否定科学。

"智力超常的孩子，在普通人看来，他们的所有行为都是不正常的。他们是千里马，我们非得让他们推碾子磨豆腐，他们能不痛苦吗？能不反抗吗？"

杨真认可许彦波的说法："老许，我今天来，是想了解一下智力超常孩子的心理。你说说看，他们都有哪些问题呢？"

许彦波说："我举例说明吧。你们都看过《淮海战役》的电视剧吧？家长就是无能的刘峙，智力超常的孩子就是黄百韬。能征善战的黄百韬，自然能看清淮海战役的战局走势，但具有指挥权的刘峙却看不清。在淮海战役中，黄百韬为刘峙的错误指挥埋单了，智力超常的孩子不一定像黄百韬那样服从命令，他们可能会让父母为自己的错误指挥埋单的。

“我这辈子最痛苦的经历，并不是在少年班读书，而是入少年班之前，我感觉自己像锁在儿童体内的成年人，为了满足家长的需要，被迫像其他孩子那样学习和生活。我怕自己和他们不一样，遭到孤立，就强迫自己和他们一起玩，我又觉得他们幼稚得令人发指。你们知道吗？我进入少年班以后，感觉自己像第二次复活一样。”

江志伟愣住了。许彦波最后说的那段话，宋梓馨也对他说过。

难道，这就是天才的内心感受？

自己一直以平庸之心，度天才之腹？

许彦波继续说道：“我爸爸是大学教师，听说国家要办少年大学生班，就给我报了名。不论我后来混得多么差，都要感谢他为我争取到那个机会。爸爸是非常理解我的，知道我与其他孩子不一样，就没有逼迫我像其他孩子那样生活。老江，对女儿最好的安排，是理解和支持。”

“别让孩子输在起跑线上”这句话，让很多家长徒增紧迫感和危机感，见别人家孩子报各种辅导班，如果自己不让孩子先人一步，就会永远落在后面，于是纷纷跟风攀比。

江志伟身边，就有家长逼迫孩子学钢琴，孩子忍受不了，一怒之下烧掉钢琴；家长逼迫孩子学奥数，结果孩子离家出走。这类拔苗助长的教育悲剧，让他觉得违背了孩子的成长规律，不想做赢得一时输掉一世的傻事。

他只想让自己的孩子，活得像个孩子。然而，自己却不知道，自己的孩子和别人的孩子不一样。

江志伟意识到自己可能错了，一直沉默不语。

“停，停，培养孩子是大工程，不是一时半会儿能说清楚的，咱们吃完饭再说。”肖雅雯把三个人推到餐厅，准备涮火锅。

他们吃完饭，林慧娟才把电话打过来。听说杨真还要见她，勉强答应。

杨真立即带领张语桐赶到林慧娟家里。

她们一见面，林慧娟就抱怨道：“杨真，老肖把自己的命都还给你们了，你们怎么还不放过他呢？”

林慧娟认为，她把杨真当朋友，杨真却没有对她说实话，还利用她对杨真的信任，变相调查肖西光的试验是否违法。上次杨真走后，她就登录高科技犯罪侦查局的官网，才知道杨真的职责就包括制止违法试验。

“师姐，别把我想得那么不堪。万一我能洗刷肖老师的罪名呢，希望你全力配合我。”杨真劝导林慧娟，“你必须让我知道试验的所有细节，至于能不能证明肖老师没有违法，我会依法做出判断的。”

林慧娟无力地靠在沙发上，眼泪溢出来。

杨真递过纸巾，张语桐倒水，然后默默地注视着她。

她们知道，一个人直面内心的伤疤，是一件非常痛苦的事情。

过了几分钟，林慧娟睁开眼睛，轻轻地说："好吧，我从头给你们讲……"

这么多年，肖西光一直专注于用人体内的生化物质助眠研究。他认为，人体内上千种神经递质里，与睡眠有关的物质就有三十多种。如果对其一一试验，中州大学根本支付不起天文数字的科研经费。

于是，他以寻找催眠物质、研发天然催眠药剂的项目为名，获得大栅栏投资有限公司的1000万元风投资金。

有了这笔钱，肖西光就带领林慧娟和几个研究生，组成课题组，组建实验室，进行各种试验。

4个月中，他们提炼了45吨孕妇尿液、900公斤羊水和70个婴儿胎盘，在1500只小白鼠和14只猴子身上试验，发现类环氧丙嘧啶具有促进胎儿睡眠的功效。

类环氧丙嘧啶，只存在女性体内，只有在孕期含量激增。

根据协议，肖西光的研究成果，属于大栅栏投资有限公司。该公司为了追求利润最大化，或者防止同行跟风，不但禁止肖西光把研究结果以论文的形式公之于众，还追加投资，让肖西光尽快把试验结果转化为商品上市。

他们认为"类环氧丙嘧啶"的名字会影响销售，将其改名为“天然助眠剂”。

进入临床试验阶段，肖西光先在自己和研究生身上进行试验。注射类环氧丙嘧啶之后，他们都出现过眼动过速现象，睡眠时不断做梦，醒来后身体异常疲惫。

肖西光认为，大自然亿万年间形成的某种高分子物质，不会让它只具有一种功能。胎儿神经系统在母体内要经历长时间发育，才能得以完善，类环氧丙嘧啶或许是神经系统的助长剂，只不过在胎儿睡眠时才会发挥作用。

试验的结果，验证了肖西光的判断。

类环氧丙嘧啶催眠效果不佳，但具有促进婴儿神经系统生长、完善的功效，大栅栏投资有限公司却认为该产品市场前景不会太好，因为没有人认为自己孩子的神经系统不够完善，所以不会主动采用。如果用该产品催眠，晚上不断做梦，醒来疲惫不堪，肯定会被消费者摒弃。

肖西光想调整类环氧丙嘧啶浓度，消除醒后疲倦感。但是，无论他如何调整，都证明无效。

科学研发本来就有赌博性，失败是必然，成功是偶然。

3个月后，大栅栏投资有限公司失去耐心，不再注资。

即便如此，肖西光和林慧娟也没有放弃，一直往自己体内注射各种比例的类环氧丙嘧啶。他们依然会做梦，梦的情节清晰，故事连贯，甚至让他们难以分辨到底是梦境还是现实。

“声、光、嗅、味、触，什么都有。我坐在办公室里，要通过拍桌面、摸书本、敲脑袋，才能确定自己有没有做梦。”林慧娟说。

“注射合适比例的类环氧丙嘧啶，是不是产生某种快感？”杨真问。

“快感个屁！每次醒来，都疲惫得要死。”林慧娟说。

那种疲惫感，杨真已经体验过。现在，她更关心类环氧丙嘧啶是否具有正面的功效。

试验已经消耗掉家里所有积蓄，林慧娟劝肖西光放弃，甚至以离婚相威胁，但是肖西光却认为，做梦、疲惫，不一定是类环氧丙嘧啶的副作用。他转而认为，成年人注射类环氧丙嘧啶，会出现这种现象，给儿童注射就未必。毕竟，女性只有在孕期内，体内才大量分泌这种物质，必然对胎儿生长有益。

于是，肖西光便征寻儿童做试验，可是没有家长愿意让自己的孩子充当小白鼠，唯有沙阳的叔叔婶子例外。

为了追踪沙阳注射类环氧丙嘧啶的反应，肖西光一天 24 小时和他生活在一起。白天陪他吃饭、玩耍，晚上入睡前给他注射类环氧丙嘧啶，他和林慧娟在沙阳身边轮流值守，记录沙阳睡眠的状况。

刚开始，沙阳也会做噩梦。每次醒来，肖西光都让他描述梦境，他总是欲言又止。肖西光追问多了，他就哭泣。

沙阳对注射类环氧丙嘧啶，也非常抵触。

一周后，沙阳便主动配合注射，主动讲述梦境。他的描述，连贯且流畅，有时像口述一篇优美的散文。

早上沙阳醒来，身体状态非常好，精力非常充沛，甚至变得比以前更活跃，丝毫没有疲倦的现象。

肖西光认为，他的推断是准确的。作为人体的天然产物，类环氧丙嘧啶是促进胎儿神经成长成熟的。

接下来，肖西光请来小学各科老师为沙阳补课，每月给他做一次智力测试。

沙阳不但在短时间内轻松掌握了同龄人该学的课程，还主动学习初中知识。智力检测结果，都呈现逐步提高的趋势。

肖西光认为，类环氧丙嘧啶不适合做成年人的助眠剂，却能有效辅助儿童脑神经发育。他在校图书馆给沙阳办理一张阅览证，让他在图书馆学习。

最初，沙阳只去少儿阅览室，翻翻卡通画，看看科普书。后来，他的阅读范围变得广泛，文科、理科、工科、社科悉数涉猎。

一个周末，肖西光带儿子肖杰来到实验室，想让他们彼此为伴。等他办事回来，发现肖杰躲在一旁，沙阳单独看书，两个人谁也不理谁。

肖杰偷偷告诉肖西光，沙阳一直说他是幼稚的小屁孩儿，不愿意跟他玩。他强调，沙阳根本不是孩子，而是长不高的成年人。

半年试验期结束。肖西光聘请省心理学会专家对沙阳进行智力检测，聘请市教委专家对沙阳做学力评估。

这些专家一致认定，沙阳的学习能力、接受能力、理解能力、注意力、情感控制力和意志品质完全超出同龄人。智力检测结果是130，已经超出绝大部分同龄人。

肖西光记得，沙阳第一次智力检测结果是95。

所有专家看完肖西光的试验记录，认为该试验极具开创性，建议他进一步试验。

就在肖西光为自己的坚持暗自庆幸的时候，接到了以韩津为代理人的起诉书。

林慧娟讲到这里，愤愤地说："杨真，你那个前男友韩津，把老肖逼上了绝路！他利用自己的影响力、网络资源，大肆诋毁老肖。一些不明真相的网民，线上线下不停地攻击老肖，把老肖推到崩溃的边缘。"

"师姐，在法庭上，你们为什么不出具专家的评估结果呢？"杨真问。

"法院通过权威部门，对沙阳进行韦式测验，结果却显示他的智力不足80。"

"为什么是这样呢？"

"我也想知道。"

第六章

无 法 可 依

杨真凭借多年破案经验判断，肖西光极有可能遭遇商业欺诈。

她向林慧娟保证，只要沙阳在智力检测中存在作假行为，她必然会一查到底，还肖西光一个清白。

林慧娟幽幽地说："老肖为了这个试验，已经把命搭进去了，还他十个清白有何用呢？网络暴民是不讲道理不需要真相的，只愿做逞一时之快做杀人诛心的事情。现在我只想把肖杰抚养大，做一个普通人，过普通的日子。"

杨真说："师姐，网民只是被某些人利用而已。如果我们不提供真相，肖老师会背一辈子黑锅的。据你了解，国内哪些地方还有类环氧丙嘧啶？”

林慧娟说：“这种东西要从孕妇的羊水、尿液和胎盘中提取。老肖没有把他的研究成果发表，一般人应该不知道复杂的提炼工艺。老肖的试验也是秘密进行的，全靠手工方式提炼，其他地方应该没有这种东西。”

“你不想完成肖老师未竟的事业？如果这种试验如你所说，可是利国利民的大项目，商业前景非常好的。”

林慧娟目光呆滞，狠狠地摇着头。

“师姐，上次我和肖杰谈过一些问题，我还想找他了解一些情况。”

“孩子是无辜的，我们为什么非要把他卷进来呢？”林慧娟问。

杨真说：“于公，我是高科技犯罪侦查局的公职人员，有责任和义务制止任何犯罪行为；于私，我是肖老师的学生，有责任和义务还给他真相，不能让他死得不明不白。我需要所有证据，希望你予以帮助。”

林慧娟犹豫几分钟，起身把肖杰叫来，自己主动回避。

肖杰和杨真已经熟悉了，不再像上次那么抵触。

杨真让肖杰挨着自己坐下，和蔼地问：“肖杰，有一个问题，阿姨一直没想明白。他们都说沙阳不像孩子，我有点儿不相信，你能帮我举几个例子吗？”

肖杰想了想说：“他住的床铺收拾得很整齐，搞得我都不好意思坐上去；那次我们去实验室，他说里面空气污浊，要把窗户打开通风；有一次我们到饭店吃饭，服务员没有摆渣盘，他去消毒柜给我们取来渣盘。”

杨真觉得一个孩子只要生活习惯好，做到这些不足为奇。于是她又问道：“谢谢你，阿姨已经记住了。你再帮阿姨想一想，沙阳在学习方面有什么特别之处呢？”

“他会给自己制订学习计划，要求自己三个月内学完其他人一年都学不完的课程。每个计划，他都认真执行，完成之后再制订计划。老师也让我们做学习计划，其实我们的计划，都是家长制订的，大部分同学都无法完成。”

杨真回想自己10岁时，确实如肖杰所说，向来都是被家长或老师推着走，很少主动做什么，看电视、玩电子游戏、玩耍除外。

沙阳是众人眼里的“野孩子”，既没有家长要求，也没有老师监管，他为什么突然变得如此自律呢？难道是肖西光的试验改变了他？

“肖杰，今天你给阿姨提供了很大帮助，谢谢你。”杨真说完，给了肖杰一个拥抱。

杨真让张语桐给局里生命科学专项办公室打电话，通知他们取走实验室里的类环氧丙嘧啶以及半成品，并进行封存。对肖西光整理、记录的试验资料、笔记，也做了备份。

离开林慧娟家，杨真坐在车里，不断翻看肖西光的试验记录。从科学角度看，这个试验设计非常大胆，创意十足，试验结果应该是有效且有意义的。

法院为何认定肖西光的试验是非法的呢？难道仅仅因为是沙阳的智力退化？

杨真回到办公室刚坐下，龙剑走过来对她说："杨处，我们查实了肖西光的另一个身份，国际超人协会副秘书长。"

高科技犯罪侦查处成立之后，龙剑一直秘密关注国际超人协会。这个背景不明的协会，会员全部是各国超高智商或者具有特异功能的人。如果他们参与犯罪，后果不堪设想。

杨真问："肖西光经常参加这个协会的活动吗？"

龙剑把整理好的资料放在杨真面前："平均每年 10 次。"

"肖西光已经自杀了，我们还是从沙阳身上着手吧。"杨真决定明天到沙子河家走访。

杨真和张语桐按照地址，来到沙子河家时，发现这里和她们想象的完全不一样。

这里不是臭气熏天、垃圾遍地的城乡接合部。

这里原是一家国有工厂职工宿舍区。几栋四层的砖混结构宿舍楼，应该建于 20 世纪 70 年代，现在已经人去楼空，马上面临拆迁，据说要变成别墅区。

一些拾荒的人还住在破败的楼里。

宿舍区外，有一条沙土路，路边有一幢几十米长的库房。因为库房还没有被征用，厂区的负责人，便把库房改造成几十个单间，租给来自全国各地的拾荒人。

库房外面有一片空地，被拾荒人用木板、铁皮建成简易房。一些拾荒人就住在里面，外面到处堆积各种废品。

沙子河很早就来到这里捡废品，现在主要收旧电器。他们通过拆解旧电器，零件能用就留下翻新，卖给家电修理铺；不能用的零件，就按金属、塑料分类，转卖给乡镇里的小作坊。

杨真和张语桐花了好长时间，才找到沙子河家。她们向沙子河出示证件之后，说明来意。

沙子河支支吾吾地说："沙阳已经不在这里了。"

杨真假装不知道："他去哪里了？"

沙子河挠挠头："我也不知道。唉，都怪我贪图小便宜，被姓肖的忽悠了，把孩子变傻了。打完官司后，他什么活儿都不能干，就躺在床上玩手机。我说他几句，他就赌气出走了，再也没回来。我猜，他应该回老家了，不然能去哪里呢？"

杨真没有告诉他，沙阳已经被郭晋龙收养。她四处打量一番："沙阳能帮你们做什么？"

"他没被祸害前，别看他年纪小，可是特聪明，什么活儿一看就会，比大人做得还好呢。"沙子河自豪地说。

杨真让沙子河带自己到周围转一转。

沙子河不敢不答应，点头哈腰地带着杨真和张语桐在屋前屋后转了转，时而还拿起他处理过的零件查看。

张语桐拿着照相机，不停地拍照。

杨真只看不问，再次转到门口，忽然问道："韩津主动帮助你们打官司，应该来过这里吧？"

"他那么有钱，那么有名，怎么会来这种脏地方呢？"沙子河实话实说，"他就打过一次电话，简单询问我的生活状况。"

"你怎么说的？"张语桐直直地盯着他，怕他说谎。

沙子河说："我虽然是农民，但在城里生活了二十多年，知道打官司时，要对自己说的话负责，就有什么说什么了。他让我穿上破旧的衣服，拍几张照片给他，说能得到一笔钱，我就照做了。我发誓，我没有说半句谎，否则出门就被车撞死。"

韩津在自媒体上，把沙子河家的状况描述得无比凄惨，肖西光利用双方信息不对等欺骗了他。看来，韩津的描述与事实完全不符。

杨真和沙子河聊了一会儿，就告辞了。

回去的路上，张语桐问："杨处，沙子河到底是做什么的呢？我怎么感觉他和一般拾荒人不一样呢？"

"生产假冒伪劣配件的土作坊主。沙阳和他在一起生活，心理不扭曲才怪呢。"杨真愤愤地说。

"沙阳也够可怜的，怎么啥破事儿都能摊上呢？接下来咱们去哪里？”张语桐问。

“去光华大厦，找给肖西光投资的代理人麻西峰。”

麻西峰任职的大栅栏投资有限公司，是全国知名的风投公司，投资的网络公司和科技公司，都已经上市，获利颇丰。

看完杨真和张语桐的证件，得知他们的来意，麻西峰毫不在乎：“我为什么给他投资？很简单，赚钱。我们是投资公司，投资肯定是为了赚钱。”

杨真问：“你为什么选择肖西光呢？”

麻西峰说：“我不仅选择肖西光，还选择其他人。我们做投资，说白了就是赌博。赌对了，在投资额后面加几个零卖出去，暴赚；赌错了，认赔，血本无归。你们知道世界上有多少人因为失眠苦恼吗？只能一年比一年多。肖西光研究的产品，市场刚需巨大，很容易包装上市的。唉，没想到，不说了，满眼是泪！”

“当时肖西光怎么向你描绘他的研发产品？”张语桐问。

麻西峰一拍大腿：“肖西光就是一个大忽悠。他跟我说，一个普通的市民，每天路过百家店面，近距离见到千张面孔，交谈时听到几万字。普通人的意识根本加工不了这么多信息，大脑就会把它们暂时储存到大脑皮层深处，以计算机后台处理运行软件的方式慢慢加工。睡眠就是大脑处理这些信息的时间。闭上眼睛，切断90%的信息源。人的意识，就已经进入屏保状态，但大脑很大一部分还在运转。”

杨真问："肖西光有没有和你说过，那种助眠剂能提高智力？"

"提高智力？"麻西峰挠挠头，"好像没有。唉，好在我中途退出了，不然肯定跟他一起吃官司。"

离开大栅栏投资有限公司，已是下班时间。杨真把张语桐送回家后，也直接回家休息。

早上，杨真梳洗完毕，拎包出门准备上班时，才意识到今天是周末，而且还是每个月陪伴妈妈的日子。

无论多忙，每个月杨真都会利用周末，陪伴妈妈一天。

她与卢红雅约在奥体公园的咖啡厅见面。

她们都准时来到咖啡厅，在靠窗的小单间里坐下。杨真给卢红雅倒了一杯花果茶，笑嘻嘻地问道："妈妈，我小时候是不是特别烦人？"

卢红雅撇嘴道："何止烦人，关键还丑。如果不是怕判刑，我早就掐死你了。"

"丑也是遗传您的基因啊，能怪我吗？妈妈，您具体说一说，我哪里让您烦了？我是指不是一般的烦，是让您产生想掐死我那种冲动的烦。"

卢红雅不假思索地说："晚上不睡觉，一个劲儿地作；逼着我讲一个故事，反复地讲，错一个字你都知道；幼儿园里有一个人感冒，你就感冒，感冒就呕吐……"

杨真哈哈大笑："我的烦人史，貌似罄竹难书啊。"

“关键是稍不如意就大哭。哭声那个大啊，都严重影响邻里关系了。”

“您肯定是虐待我了，不然我怎么会那样哭呢？”杨真纠正道。

卢红雅指着杨真说：“你是以大哭要挟我，想让我满足你的各种不合理的需要。”

“您怎么知道我用哭声要挟您？”

卢红雅边说边比画：“你捂着脸，号啕大哭，然后从指头缝观察我的反应。”说完，她忍不住笑了，“最后，还是我妥协了，满足了你的不正当要求。”

“都有哪些不正当要求呢？例如——”

“你看到女同学戴个手伴，好像是台湾货，你非常喜欢，就逼着我买。后来我在地摊上花了两块钱买了一个差不多的，应付过去了；你特别挑食，不好吃的不吃，颜色不好看的不吃，我的厨艺啊，就是那时候练出来的。”

杨真记得，自己挑食的毛病到中学住宿才改正过来。因为食堂里实在没什么好吃的，也不会因为她的挑剔进行调整，不吃实在太饿，慢慢地也就改过来了。

“其实，最让我烦的，是你选择和离婚的韩津谈恋爱。我觉得你们成长背景不同，三观不合，早晚得分手。”说到这里，卢红雅眼圈发红，看来这件事确实让她很烦。

杨真起身坐到卢红雅身边，握着她的手，没有说话。

卢红雅擦擦眼泪："不说这个了。杨真，今天你怎么问这个问题？"

"我想知道，在妈妈眼里，尿孩子到底是什么样子。"

周一上班后，杨真多次联系韩津，结果打电话不接，发微信不回。没办法，她只好和张语桐赶到"生活 1900 生态园"，得知韩津去参加媒体论坛峰会了。

杨真和张语桐直接赶赴会场，恰好会间休息。杨真也没客气，直接把韩津拉到走廊尽头，单刀直入："沙阳是怎么和你接触上的？我想知道全过程。"

"我为什么要告诉你呢？"韩津把脸一沉，态度很不友好。

"他有可能涉案，你这个警民合作模范应该配合我的调查。"

"涉案？好吧，我把我知道的全告诉你。"韩津的态度稍微好一些。

韩津很早就关注肖西光的试验，得知他以沙阳做试验，就派人联系到沙子河，告诉他，实验室是反自然的产物，会释放出各种妖魔鬼怪，劝他把沙阳领回去。

沙子河一直认为沙阳是他家的累赘，现在肖西光自愿负责沙阳吃喝，自然不愿意把沙阳领回去。

韩津给沙子河打电话，告诉他，肖西光一直在迫害沙阳。

如果他能把沙阳领回去，可能获得一笔不菲的赔偿。

沙子河带领韩津找到沙阳，并给沙阳做了智力检测，发现他的智力确实受损，就拿到了沙子河的全权委托书。

为了获得沙阳在肖西光实验室受害的详细过程，韩津把沙阳带到“生活 1900 生态园”住了一段时间。那里生活条件尽管很差，但沙阳却很乖、很勤快，每天抢着打扫卫生、煮饭烧水。

掌握了一些情况下，韩津和律师起诉中州大学，附带追究肖西光的法律责任。

他讲完后，问：“你说沙阳涉案，他到底做了什么，和我有关系吗？我们胜诉后，他就被郭晋龙收养了，我也好久没有联系他了。至于他做什么，应该和我没有关系吧？”

杨真觉得韩津并没有向她说实话，但在没有掌握确凿证据之前，她也不能把他怎么样，于是说道：“和你有没有关系，待我们调查清楚再说。如果他和你联系，请及时向我们汇报。”

韩津急了：“杨真，如果你没有证据证明我违法，我可以在你的所有问题面前选择沉默。这是法律赋予我的权利。”

“保护沙阳不受任何侵害，也是我们的职责。”

“他就是一个不幸的孩子，属于社会弱势群体。他出了什么问题，犯什么错，都是社会问题。”韩津看看表，“我作为本次会议的重要嘉宾，马上要发言了，恕不奉陪！”他说完转身离去。

“等一下，你并没有帮沙阳找学校入学，对吗？”杨真追上去拦住韩津。

“我有这个义务吗？”韩津问。

“既然法庭判定沙阳智力受损，你作为沙子河的全权委托人，应该把他送到启智学校吧？你是不是不愿意让他接受教育，才让郭晋龙收养他？”

韩津哼了一声：“学校是污染孩子内心的地方，我为什么要把已经很不幸的孩子送到那里呢？”说完，他头也不回地离去。

杨真觉得，要想彻底弄清楚沙阳的问题，有必要找到沙阳的父亲。因为她觉得，无论韩津还是沙子河，都可能隐瞒了沙阳的某些问题。

于是，她向李汉云申请，到沙阳老家进行走访调查。

第二天，杨真和张语桐便驱车几百公里，来到沙阳老家。

村主任把她们带到沙阳家。

沙阳家和邻居残破的房屋不一样，新砌的院墙里面，是四间翻修的瓦房，院里院外充斥着装修材料的气味儿。

村主任介绍道，沙阳母亲离家出走后，沙子山就整日泡在酒里，对沙阳不管不顾。村里实在没办法，就做沙子河的工作，让他收养沙阳。碍于村主任的面子，沙子河不得不带走沙阳。

醉醺醺的沙子山得知警察上门，稍微清醒一些。他告诉杨真，肖西光赔偿沙阳的65万元，并不在他手上，而是在沙子河那里。他以翻修房子为由向沙子河要过那笔钱，沙子河却说，那张银行卡在沙阳手里，但是，他也无法联系到沙阳。

有一天，沙阳给沙子山打来电话，说他已经被一个有钱人收养。沙子山问到银行卡，沙阳承认他从叔叔那里偷出银行卡，并修改了密码。得知沙子山想修房子，就给了他5万元。

沙子山还想多要一些，被沙阳拒绝。

听到这些，杨真心里暗暗吃惊。如果这些信息属实，那么小的沙阳，怎么会有如此强烈的控制欲？他不但想控制金钱，还想控制家长？

沙子山表示，他自己无能，给不了沙阳什么。那笔钱是沙阳用命换来的，属于偏财，给不给他都无所谓。沙阳现在住别墅，出行有轿车，比在家里强多了。

张语桐对沙子山的话很难理解："沙阳是你儿子，你怎么舍得把他送人呢？"

沙子山低声说："你们是国家干部，不信神。我们老百姓信。镇上一个大师给沙阳算过，他是——九福童子转世。我福小命薄，根本养不了他，还有可能被他克死。他妈妈就是他克跑的。"

杨真拿出手机，上网查阅"九福童子"。原来，九福童子是当地的地方神。据说是明朝某个落难王子在此遇害，鬼魂不断危害这里的人。后来，几个地方绅士为他修筑庙宇，年节烧香上供，他才作罢。

杨真问："当初起诉中州大学，是你们的想法，还是沙阳的想法？"

"我们哪懂法啊，而且沙阳也没缺胳膊少腿，我凭啥告人家？这都是姓韩的贵人和沙阳商量的。他俩具体谁拿主意，我就不清楚了。"

杨真和沙子山又聊了一会儿，得知他对沙阳在外面做的事情知之甚少，便扔下几百元钱，驾车离去。

路上，张语桐问杨真："杨处，你相信转世吗？"

杨真摇摇头："我不信，但是我信这个说法绝对不是空穴来风。沙阳绝对是有故事的孩子，故事的精彩程度，可能远远超出我们的想象。"

"你不会认为沙阳在法庭上作伪证吧？"张语桐瞪大眼睛。

"他做出什么事情，我都不会惊讶。越贫穷的地方，人们的做人底线就越低。贫穷，才是万恶之源。"

"杨处，你有地域歧视嫌疑啊！"

"经济基础决定上层建筑，这句话永远是对的。"

袁立群打来电话，告诉杨真，郭晋龙遭遇车祸身亡。

郭晋龙本是杨真下一个走访对象，怎么突然遭遇车祸了呢？杨真问清楚车祸地址，调转车头，疾速飞驶。

几小时前，郭晋龙夫妻突然遭遇车祸，双双遇难。

一辆大卡车满载铺路的沥青，与郭晋龙、唐梅莉驾驶的轿车同向行驶。郭晋龙准备超车时，大卡车突然侧翻，炽热的沥青将轿车全部覆盖。待他们被挖出来时，已经窒息而亡。

大卡车司机弃车逃走，警察还在追逃。

杨真和张语桐赶到车祸现场，问负责善后的交警："车里还有其他人吗？"

交警确认，车里只有郭晋龙和唐梅莉。

杨真立即赶到郭晋龙家里，家里只有保姆和郭晓宇，没有看到沙阳。

经过询问得知，几天前沙阳就已经离开郭家。沙阳曾经对郭晓宇说，唐梅莉讨厌他，他再住下去，会影响家庭和睦。

杨真问郭晓宇："你知道沙阳去了哪里吗？"

郭晓宇支支吾吾地说："他回自己家了。"

杨真打通袁立群的电话，要他申请搜查令，查封郭晋龙家的电脑。又让郭晓宇提供直系亲属的电话，要他们前来善后。

袁立群带着搜查令，赶到郭家，查封了室内所有电脑。

杨真把郭晓宇和沙阳使用过的电脑带回高科技犯罪侦查局。张语桐破解了开机密码，开始沿着上网痕迹进行追踪。

沙阳到郭家后，郭晋龙给他买了一台高配置、大屏幕的台式电脑，供他玩网游。

通过上网痕迹，她们发现沙阳经常玩一款名叫《波西亚时光》的网络游戏。

她们没听过这款游戏，便注册一个账号，了解这款游戏。

她们研究了半个小时，才弄懂这款游戏。

《波西亚时光》玩家要在游戏里进入末日世界，在名叫波西亚的小镇上，会得到一个作坊，通过工具找到前代文明的遗迹。他可以砍树、采集、挖矿，慢慢发家致富，招揽移民，建造属于自己的城市。

10 岁孩子喜欢这么温柔的游戏？她们继续追踪，发现他们还经常玩一款名叫《石油骚动》的游戏。玩家要穿越到 19 世纪的美国，利用黑科技开采石油，打败竞争对手，最后垄断全球市场，成为石油霸主。

她们又追踪到他们经常玩的《中国家长》游戏。玩家可以扮演 3—18 岁的孩子。游戏中会出现一个虚拟家长，用“中国式家长”的管教方法控制孩子。

玩家的游戏目标，就是识破家长的控制手段，再对家长进行反控制。装哭、离家出走、自杀、报警、宣传快乐教育理念等，都是玩家可以利用的手段。

这种教唆孩子抵抗家长的游戏是哪家公司开发的？杨真看了看简介，果然是家长恨之入骨的网讯公司开发的。他们雇用一大批少年心理学家，研究少年心理弱点，再按照性别、地区、年龄和职业，把“中国家长”的管理教育孩子的方式细分。总之，任何玩家都能找到和自己家长一样的同款角色。

她们玩了一会儿《中国家长》，越玩越觉得不寒而栗。孩子如果天天玩这个游戏，极有可能玩弄家长于股掌之中。

她们发现沙阳经常看的电影《坏种》《孤儿怨》《危险小天使》《甜美爱丽斯》《第 36 号案件》《尤伦卡》……

这些电影同属“魔童”类，故事中的反派都是儿童，他们或是智力超常，或是掌握魔法。利用成年人对他们不设防的心理，杀人放火，敲诈勒索，无恶不作。

辨别能力很差、价值观尚未形成的孩子，经常看这类电影，会不会受影响？按理说应该不会，他们还不理解什么叫钱，什么叫权，更不懂成年人的利益关系。

这些电影其实是拍给大人看的。

但是，沙阳却看了大量这样的电影，他是正常的孩子吗？

第七章

魔 鬼 天 才

高科技犯罪侦查局的小会议室内，杨真组织同事研究沙阳和郭晓宇看过多遍的电影。

一个孩子被同龄人用乱石砸死。

一群孩子围捕一个孩子，要置他于死地。

一群孩子和另一群孩子厮打、互殴。

……

电影拍摄于几十年前，画面粗糙，讲述的故事很恶心。如果不是杨真只剪辑关键画面，大家都没有耐心把它看完。

“这是儿童片还是成人片？”

“口味太重了吧？”

“这种故事还能获得诺贝尔文学奖？”

这部电影改编自英国作家戈尔丁的长篇小说《蝇王》，原著在 1982 年获得诺贝尔文学奖。故事中，一群孩子在“二战”中随成年人乘飞机转移。飞机失事，迫降在荒岛上，所有成年人遇难，孩子却都活下来。

这群最大不过十二三岁的孩子，在岛上争王争霸，互相残杀。小说出版后，评论家把它视为人类社会的寓言。

杨真说：“鼓吹暴力才是原著的主题核心。作者当过教师，对儿童心理非常了解。他知道，如果失去成年人约束，孩子就是自私自利、缺乏同情心的冷血动物。大家都应该知道监狱里的罪犯，超过 30 岁的人并不多。大部分罪犯，尤其暴力犯罪的人，都是十几、二十几岁的年轻人。”

“他们好歹到 18 岁了。”迟健民说。

“现在的趋势是，青少年犯罪越来越低龄化。”杨真举例说，“‘魔女玛丽’和‘巴杰尔惨案’，大家都知道吧？”

这是杨真在公安大学教材中接触的案例。

1968 年，英国女孩玛丽先后杀死 2 个男孩，一个 3 岁，一个 4 岁，杀死他们的原因，仅仅是讨厌他们。行凶后，她还主动找到被杀孩子的家长，带他们去看尸体，并告诉家长，自己就是凶手。

可想而知，当时没有家长相信她的话，觉得她胡闹，还把她从现场赶走。最后，警察通过痕迹鉴定，认定她就是凶手。

“她多大？”龙剑没有接触过犯罪学专业，并不知道这个案例。

“10岁！”杨真说完，继续介绍“巴杰尔惨案”。

1993年，在英国，均为10岁的汤普森和维纳布利斯，在利物浦一家商场里拐走2岁的詹姆斯·巴杰尔，并折磨至死，最后把尸体扔到铁轨上，让火车碾碎。

在审讯过程中，汤普森和维纳布利斯没有一丝忏悔之情，关押6年后依旧拒不认罪。他们的冷酷无情，让参与审讯的所有成年人感到震惊。

杨真说：“其实成年人不明白，孩子的感情本来就像成年人那样丰富。虽然他们会为自己哭，会为自己笑，但很难体会别人的痛苦，更缺乏怜悯之心。与他人休戚与共的情感，是一个人在不断参与社会事务、扮演社会角色中，一点点培养起来的。”

汤普森和维纳布利斯出狱后，警方为了保护他们的隐私，让他们更名改姓，并移居新西兰。

杨真又讲述了美国4岁男孩枪杀2岁弟弟的案例。这是截至目前，警方正式记录在案的最小凶手。他年纪这么小，应该没有任何功利色彩的犯罪动机。对儿童来讲，他们恨什么，就会让什么消失，根本不会考虑后果。

他们还不知道，一种行为都会对应一种相应的结果。

蔡静茹是政法大学法学专业的高才生，接触过这些案例。

她质疑道："杨处，你所举案例，基本都是个例，而且都发生在西方国家。西方尊崇个人自由，家长是不能无限制地管教孩子的。"

张语桐反驳道："在中国，10 岁的小女孩把邻居家的婴儿从高楼上扔下去，应该怎么解释呢？我们的教育，可是从胎教开始的啊。"

杨真说："其实这种案例比比皆是，只是有没有被报道而已。在战乱国家，10 岁的娃娃兵已经扛枪打仗了，在战场上比成年人更凶狠。各位，人类的基因里，根本没有同情心、同理心，而是后天教育的结果。

"今天我请大家来，不是做学术研讨，而是希望大家结合我们掌握的证据和线索，把沙阳和郭晓宇列为侦查对象。沙阳 10 岁零 8 个月，郭晓宇 11 岁。普通刑侦部门很难把他们列为怀疑对象。

"郭晋龙生前怀疑唐梅莉挪用他银行卡上的 180 万元，事实上极有可能是沙阳和郭晓宇联手作案。我怀疑，他们见经侦部门调查此案，怕郭晋龙、唐梅莉知道真相后责罚他们，就决定杀人灭口。"

这些只是杨真的推测，根本达不到立案的标准。

张语桐接到交警部门的电话，他们已经找到肇事车辆。司机说，他驾车往工地运输沥青过程中，突然被小轿车追尾。他下车查看时，后脑遭到重击。醒来之后，发现自己躺在路边的草丛里，手机、钱包都不知去向，便向路人借手机，向工程队汇报自己的遭遇。

工程队派人把受伤的司机送到医院，并为大卡车失窃报警。市刑警队派人检查现场，到医院向司机核实他遭到袭击的全过程。

杨真向刑警队询问，得知司机根本没有看清作案人相貌。案发路段非常偏僻，天网工程尚未覆盖，目前还追查不到犯罪嫌疑人的踪迹。

杨真说："只有掌握郭晋龙夫妇具体行程的人，才能设计如此缜密的作案计划。沙阳和郭晓宇和他们朝夕相处，掌握这一点并不难。"

蔡静茹说："沙阳和郭晓宇的作案动机都是我们假设的。即便这种假设成立，他们有没有作案的能力，都值得怀疑。杨处刚才列举的那些例子中的孩子，只要足够冷酷就可以，作案并不需要特殊设计。"

"两个孩子能偷袭人高马大的司机吗？"龙剑提醒道。

"沙阳手里有一大笔钱，他要想买凶杀人，应该能办得到。"杨真说。

迟健民说："咱们假设沙阳能买凶作案。沙阳找到一个或者几个成年人，让他们按照他的计划杀人，成年人会怎么想？敢杀人的人，都是玩凶斗狠的惯犯，能任凭两个孩子摆布？他直接从孩子手里抢钱不香吗？"

杨真承认，现在所有的证据，都无法支持她的推断，但是她依然认为自己的方向没有错。

袁立群接触过沙阳和郭晓宇，也一直组织警力核实，把胡文盛推下楼的人是不是郭晓宇。现在，各种证据表明，郭晓宇确实有重大作案嫌疑，只是没有形成有力的证据链。凭他的直觉，认为沙阳也不简单，极有可能和郭晓宇组成犯罪团伙，利用他们少年身份做掩护，从事不为人知的勾当。

但是有一点他还没想明白，沙阳和郭晓宇根本无法驾驶车辆，或者出入需要提供身份证明的场所。

他说出了自己的推测和疑惑。

杨真大胆推测，沙阳和郭晓宇可能加入了由成年人组织的犯罪团伙。

“杨处，你怀疑他们是被成年人教唆犯罪？”迟健民还是觉得难以接受杨真的推断。

杨真拿出沙阳、郭晓宇的上网记录。他上网之后，删除了访问记录。他们利用计算机技术，才发现他们的访问痕迹。这已经不是 10 岁孩子能做到的事情。更可疑的是，他俩还下载了《未成年人保护法》，复制了大量律师对各种案例的分析。

10 岁的孩子研究枯燥的法律条文和律师专业的分析，这些见多识广的处长都闻所未闻。

蔡静茹还是不相信：“10 岁孩子用父母的手机，支付十几万元打赏娱乐主播，这种案例确实发生过。这种行为，只要知道父母手机支付密码即可。如果杨处的推断成立，但前提是，沙阳和郭晓宇既要判断成年人之间的复杂关系，还要寻找犯罪团伙，钻法律的漏洞，沙阳还要欺骗智力检测专家，获得虚假检测结果。做这么大的事儿，聪明的成年人也未必能做到吧？”

“我们不要忽略肖西光的试验。”杨真郑重地说。

高科技犯罪侦查局技术处的人，一直对类环氧丙嘧啶进行化验、分析、鉴定，但一直没有弄清它的功效，也就无法认定沙阳在试验中智力获得质变。

只有这个认定成立，杨真对案情的假设才能成立。

李汉云和梁文博反复权衡后，指示杨真协助公安局相关部门，调查郭晋龙遇害的案件。

刑警支队在寻找作案凶手，在所有与郭晋龙有过密切接触的人中排查；经侦支队负责走访与郭晋龙有业务往来的商家，查阅郭晋龙的资金往来账目。

袁立群打算派人监视郭晓宇。

郭晓宇已被姑姑收养，送到一所私立寄宿学校。理由是让他远离家庭，减少痛苦，但是他姑姑真正的目的是让他无暇参与郭晋龙的遗产纠纷。

送走郭晓宇后，郭晋龙的亲属便瓜分了郭晋龙的遗产。

郭家人与唐梅莉的家人吵得不可开交，谁还能想起郭晓宇呢？

袁立群没有办法，只好求助杨真。杨真去过郭晓宇的学校，那是一家全封闭的学校，根本无法做到全天候跟踪。

“唉，如果把他抓起来审讯，凭我的能力，几句话就能套出真相。”袁立群感叹道。但是，他更清楚，没有一条法律允许他这样做。

沙阳的老家归中州市管辖，属于山区中的山区，当地年轻人都外出打工，村里只剩下为数不多的老少病残，彼此非常熟悉，根本不适合布控。

警察在村外蹲守几天，也不见沙阳出现。警方通过监控沙子山的手机，发现有一个手机号码隔三岔五打进来。

更诡异的是，这部手机出现的地方不固定，时而在这个城市，时而在那个城市。

袁立群认为，使用这部手机的人，极有可能是沙阳。

警方通过追踪这部手机，最后锁定北京南五环外的一栋楼房。通过物业管委会，查到那栋楼房只有一套房子出租。找到那套房子的房东询问，得知此房已经租给一个小白领。

警方找到小白领。小白领说，他因为换工作，搬到北五环。房子未到期，他就高价转租给一个叫郭阳的小孩子。小白领看到沙阳的照片，一眼认出就是租房子的小孩子。

警方还发现一个重要线索，那个房子距离郭晓宇的寄宿学校只有 500 米。

警方没有上门，派人在楼下全天候监视，并监听他的手机。

沙阳基本不出门，吃饭全靠订外卖。他的手机，除了订外卖，就打给两个人，一个是沙子山，一个是李游民。

沙阳给沙子山打电话，是正常的声音；订外卖或者给李游民打电话，声音既古怪又熟悉，明显是成年人的声音。

一个警察听出来了：“这不是演员蓝勃的声音吗？”

袁立群从网上找到蓝勃主演的电影，把他的声音和电话里的声音送到技术科检验，发现两者波形完全一样。

难道蓝勃和沙阳在一起？怎么可能呢？

技术处的警察分析，网上有一款“马上当偶像”的新软件，里面保存许多影视娱乐明星的原声文件。玩家随便选取某个明星打电话，软件就会自动把他的声音变成那个明星的声音。

这本是一个人兽无害的游戏，却被犯罪分子用于隐蔽通话。即使被录音，警方都无法还原。

连这一点都能想到，看来沙阳的智力远远超过成年人了。

沙阳正在和李游民谈一笔价值 20 万元的生意，购买一种叫“沙枣”的东西。

沙枣产自西北地区，沙阳购买这种东西干什么呢？

警方又监听李游民的电话，发现他竟然向林慧娟购买沙枣。作为研究人员，她怎么会倒卖沙枣呢？

见林慧娟卷进案子中，杨真暗自吃惊。她拿到监听录音带，边听边分析。

林慧娟是卖方，向李游民出售“几斤沙枣”。

“风声紧，等几天。”

“东西已经备好。”

“18 万不能再少。”

……

沙枣是西北地区常见的野果，几斤怎么能卖到 18 万元呢？太不合乎常理了，看来他们贩卖的“沙枣”，肯定不是正常的沙枣。

林慧娟手里有什么东西这么值钱呢？还说风声紧，难道是类环氧丙嘧啶？

杨真马上到高科技犯罪侦查局信息中心，检索后发现，除了肖西光的实验室，再无其他地方研制类环氧丙嘧啶。

如果沙阳需要类环氧丙嘧啶，应该不会直接去找林慧娟，但通过李游民运作，还是可以的。

高科技犯罪侦查局已经查封了肖西光研制出来的类环氧丙嘧啶，林慧娟到哪里能弄到呢？难道她掌握了提炼工艺，准备再提炼？

林慧娟不是让杨真体验过类环氧丙嘧啶的功效吗？看来

她手上肯定还有类环氧丙嘧啶，只是多少的问题。

沙阳盗取郭晋龙银行卡上资金的动机，应该就是如此。他之所以没有动用65万元赔偿款，就是担心警方追踪。

有一点，杨真实在想不通。郭晓宇为什么要帮沙阳盗窃父亲的钱，还把父母害死呢？

实在想不通，她就不想了。也许，用成年人的思维逻辑，根本无法分析少年所作所为的动机。在成年人看来一文不值的东西，在少年看来，也许比命还重要。

郭晓宇参与作案的动机，也许连他自己都不清楚。

杨真让袁立群继续监控林慧娟、沙阳和李游民。

交警队通过一处高清摄像头，发现了真正驾车肇事的司机。

刑警队通过头像比对，认定肇事司机是住在北京南五环外的外来务工人员赵庆。赵庆有盗抢、吸毒犯罪前科，现在欠下一笔赌债，无力偿还。

根据手机定位，确定赵庆现在在高速公路上。

特警联合高速交警，对赵庆进行拦截、抓捕。

赵庆归案后交代，为了筹集毒资，他无所不用其极。一个男孩花20万元雇用他，抢劫大卡车，撞击一辆小轿车，先给定金5万元。他想都没想就照做了。事成之后，那个男孩很讲信誉，又给他15万元，并让他远走高飞。

袁立群问，那个男孩给他15万元时，用什么东西包裹的。赵庆说，是一个涂料桶，现在还在他租住的房子里。当时他还觉得那个男孩很聪明。即便走在人群中，谁都不会想到那种破桶里装有 15 万元。

袁立群把沙阳和郭晓宇的照片放在一堆少年的照片中，让赵庆辨认。最后，赵庆找出郭晓宇的照片。

袁立群命人赶赴赵庆租住的房间，找到涂料桶。经过比对，和胡文盛手中的涂料桶一模一样，但是没有找到钱。

袁立群命人把郭晓宇带到刑警队讯问。郭晓宇承认，所有事情都是他一人所为，跟沙阳毫无关系，回答完毕就想回学校。

郭晓宇像讲英雄故事一样，讲完自己买凶杀人的过程。他杀死父母的原因，就是因为父母不让他玩游戏，逼他学习。

郭晓宇的态度，让所有刑警感到荒唐、震惊，甚至难以接受。

袁立群决定，把李游民带到刑警队讯问。

李游民在沙阳所在的小区里，租住两居室，成立一个家政公司。说是家政公司，其实是中介公司，利用信息不对等，在用户和家政服务员中间赚取差价。那天，他突然接到一个电话，要他向林慧娟购买类环氧丙嘧啶。

他不仅对对方的声音，还对对方的意图感到奇怪。对方知道林慧娟的联系方式，本可以自己购买，为什么非要他购买呢？

开始他认为，类环氧丙嘧啶类似毒品的东西，上网了解一下，发现它不仅不是毒品，还不在管制药品之列。赚钱的机会主动送上门，他也没有多问，就答应下来。

那个人与他约定，类环氧丙嘧啶太拗口，以后在电话里，就以“沙枣”代替。定金由第三方汇到他的银行账户上。如果他买到类环氧丙嘧啶，就把它装在饮料瓶中，在指定时间放到长虹公园门口左边第三根路灯杆底座里，买方确认收到后，再支付全部款项和下一笔定金。

这完全不像合法交易，更像买卖毒品。交易过程中，双方完全不用见面。

袁立群把李游民的口供转给杨真。杨真把林慧娟带到高科技犯罪侦查局讯问。

林慧娟前半生一直在学校里生活、工作，从来没有进过司法部门，连肖西光案开庭，她都没有去旁听。这次杨真把她带到审讯室，她就意识到，杨真要公事公办了。

杨真问：“林慧娟，我局已经把类环氧丙嘧啶查封了，你从哪里获得并和李游民交易的？”

林慧娟哭诉道：“老肖在那上面投入了巨大财力，花费那么多心血，视它如宝贝一般。他遭到起诉后，我就把一批类环氧丙嘧啶藏起来。我知道它肯定是好东西，科学界早晚会发现它的价值。”

“你为什么要贩卖呢？”

“它既不是毒品，也不是管制药品。家里赔进去那么多钱，我想挽回损失。”

“你有没有想过，真正的买主只能是沙阳？”

林慧娟点点头：“我早就猜到了。世界上，只有他一个受益者。但是我不知道，他怎么会有那么多钱。”

林慧娟告诉杨真，试验期内，她和肖西光都认为沙阳的智力得到显著提高，准备再找一批志愿者。

当时，无论实验室还是办公室，包括家里，都有关于智力测验的专业书，沙阳有时也会翻看。

杨真问：“沙阳经常接受智力测验，又看过这方面的书籍，是不是能控制测验结果？”

“足够聪明的人，了解测试题的真实意图后，是能做到的。”林慧娟说。

“九福童子下凡”，杨真想起村里人对沙阳的评价，这说明村里人认为沙阳是非常聪明的人。

“你以什么价格出售类环氧丙嘧啶？”

林慧娟说：“世界上，只有我有类环氧丙嘧啶，我想要多少钱就能要多少钱。沙阳敲诈我家65万元，把老肖逼上绝路，我恨他，就开出每克1000元的价格。李游民无法接受，几次砍价后，我以每克800元售出。”

杨真问：“比毒品还贵啊！你觉得沙阳为什么要购买类环氧丙嘧啶呢？”

林慧娟说："因为现在的类环氧丙嘧啶药力不能持续。本来，我和老肖已经准备研制二代产品，能把一个人的智力固定在高水平上。可惜贪婪的沙阳不但坏了我们的计划，他的智力在一段时间内还会下降。"

"会下降多少呢？"

"看具体情况而定，只有更差，没有最差。聪明的人，是难以接受自己变笨的，从小遭受各种歧视的沙阳更不会接受，因此他离不开类环氧丙嘧啶，多少钱都得购买。只有不断地注射，才能让他的智力保持在高水平上。"

杨真转移话题："你们和沙阳在一起生活了半年多时间，你们也算他的老师吧？"

"前期是我们教他基础知识，后期聘请了附小老师辅导。"

"半年多时间里，你们有没有给他讲过法律知识、社会伦理道德，应该如何为人处世呢？"

林慧娟说："我们的目标是提高他的智力，不是情商。"

"你们都没讲过这些，对吧？"杨真想起沙阳从小失去母亲，和终日醉醺醺的爸爸一起生活，饱受他人歧视；后来和势利的叔叔、刻薄的婶子生活，会有什么样的价值观呢？

肖西光的实验记录里，对沙阳的心理健康问题只字未提。

杨真盯着林慧娟的眼睛："假设沙阳的智力超出常人很多，他凭借这么高的智力做什么呢？你们想过这个问题没有？"

林慧娟冷冷地说："杨真，任何科学都要保持价值中立。

为了获得科研成果，要尽可能地排除伦理道德干扰。这些原则，咱们的大学老师不是一直强调吗？大街上出现出租车时，不也没考虑黄包车车夫失业的问题嘛。”

杨真这时才意识到，法律在科技发展速度面前，永远是滞后的；道德在科技面前，也不是强大的防火墙。

因为贩卖类环氧丙嘧啶并不违法，杨真只能把林慧娟送回去。

随后，她和预审专家、侦查处处长龙剑带人奔赴城乡接合部，找到沙子河，并把他带到当地派出所进行讯问。

沙子河很快承认沙阳利用韩津敲诈肖西光的事实。

韩津利用沙阳的遭遇，宣传他的反科学主义，并想利用法律工具，终止肖西光的试验。

聪明的沙阳，发现这里有利可图，故意把智力检测结果引到负面，让法院得出他智力受损的判断。

开庭之前，肖西光曾经找过沙子河，一再强调沙阳不会变笨，而且还会变聪明。但是，他眼里只有那笔赔偿款，根本不听肖西光的解释。

获得了肖西光的65万元赔偿款，沙阳怕沙子河强行占有，就偷偷地拿着银行卡躲到韩津的“生活1900生态园”里，继续装疯卖傻。

没有沙子河教唆沙阳欺骗法官的证据，杨真只好放他回去。

杨真通知袁立群抓捕沙阳。

袁立群抓捕沙阳后，在他租住的房子里，并没有找到类环氧丙嘧啶，那部作为重要证据的手机也不见了。

审讯室内，无论袁立群、杨真、龙剑等人怎么问，出示任何证据、证词，沙阳都是一副呆滞的状态，毫无反应。

他们把郭晓宇带过来指证。

郭晓宇见沙阳这副模样，不知道是不是受到了启发，不仅大哭大闹，对前面自己说过的话也一概不承认，还说警察恐吓他。

第八章

同 等 对 手

此案最重要的证据是沙阳使用过的手机，警方却没有找到；电信部门提供的证据表明，该号码的申请人还不是沙阳，让证据链缺失了重要一环。

案子办成夹生饭，无法移交法院审判。

毫无头绪的杨真，想到了肖雅雯。她不仅是行为科学家，还是高科技犯罪侦查局特聘顾问，就去找她聊一聊这个案子，看看她能不能提供破案思路。

肖雅雯得知沙阳和郭晓宇经常玩网讯的游戏，便告诉杨真，那些游戏属于模拟经营类游戏，玩的人不多，但有一批铁杆粉丝。

杨真问："这类游戏的玩家都有什么特点？"

肖雅雯掰着手指头说："首先，玩家平均年龄比较大，比射击类游戏玩家至少大5岁，初中生都很少玩，小学生基本不玩；其次，玩家的求知欲都很强。玩这种游戏，需要大量知识储备，玩家在玩游戏过程中也能学到各种知识，或者为了快速通关，还得了解相关知识。总之，缺乏求知欲的人，很少玩这类游戏；再次，模拟经营类游戏基本没有社交功能，很少联网进行，多是玩家和程序对阵。玩这种游戏的人，一般都有社交恐惧症，在游戏中自得其乐。"

"也就是说，他们喜欢沉浸在自己的世界里？"

"不，模拟经营类游戏，就是社会各行各业的翻版，可以说，玩家更爱琢磨事儿，不爱琢磨人。总之，这类游戏的玩家智商都很高，对信息敏感，喜欢埋头规划人生。"

杨真听完肖雅雯的分析，更加肯定沙阳就是这一系列案件的背后推手："沙阳很难说服成年人配合他进行犯罪活动，只能鼓动孩子。郭晓宇自不必说，赵庆虽然是成年人，但心智不成熟。沙阳研究过各种法律，善于钻法律的漏洞。目前我们掌握的证据，还没有形成闭环证据链，无法移交法院。"

"你们打算怎么办？"肖雅雯问。

杨真说："沙阳的防范意识、反侦查意识特别强。关键的证据，是他使用的手机，现在还找不到，我们就无法指证他唆使他人犯罪。说实话，我从来没有像现在这样无助过。”

“你们为什么不找个人接触他呢？我给你介绍一个人。”

肖雅雯向杨真推荐一个人，让他接近沙阳，收集他的犯罪证据。

杨真了解那个人之后，感觉这是没有办法的办法，决定试一试。于是，她去找李汉云。李汉云面对沙阳，也觉得非常棘手，只好支持杨真。

肖雅雯推荐的张凡，刚满 14 岁。一年前，他组织一个在高档社区作案的盗窃团伙，3 个月内作案 10 起，盗窃物品价值 174 万元，给社会造成恶劣的影响。

各警种相互配合，历时半年才打掉这个盗窃团伙，结果发现团伙中年龄最大的，是 17 岁的辍学学生，其余都是十三四岁的少年。

杨真和肖雅雯来到少年犯管教所。

早已接到通知的副所长韩艳，命人把张凡带到会见室。

韩艳指着会见室的监控视频告诉杨真：“张凡是中英混血，不但相貌出众，而且智商极高，动手能力超强。如果他把注意力集中在学习上，能轻松考上清华北大。可惜，这个宝贝总是出现在错误的地方。”

杨真问：“按理说，高档社区的安防措施都很好，这群少年怎么会屡屡得手呢？”

韩艳说：“张凡喜欢钻研高科技器材，能轻松打开高档轿车车门和高级防盗锁。他们一般都是先尾随业主的汽车，然后盗用该汽车回社区作案。”

杨真调阅了张凡的卷宗，发现他外公、外婆、舅舅都是高级知识分子，唯独他母亲从小不爱学习，非常叛逆，崇尚上流社会的奢侈生活。职业学校毕业后，她就离开家庭，混迹高档涉外酒店、酒吧，和各种外国人厮混。有一次，她遇到一个英国人，两个人厮混一段时间后，彼此产生感情。

她怀上英国人的孩子，快到预产期了，英国人却失踪了。

她生下孩子，把张凡丢给保姆，自己重操旧业。缺少关爱的张凡，10 岁便辍学在家。不过，他自学能力超强，很快就熟悉了各种机械设备制造原理，还掌握了一定的计算机技术，会编写程序。靠贩卖木马程序，赚到第一桶金。

张凡归案后，韩艳非常同情他，为他提供了大学软件工程专业、网络工程专业的教材，供他自学。在别人看来，不亚于天书的教材，张凡却能轻松掌握。韩艳借来此类专业的大学生考试试卷，他都能获得 90 分以上的成绩。如果他不是劣迹斑斑，几个大学博导都想破格录取他。

在少年犯管教所，因为韩艳对张凡非常关心、体贴，他在各方面表现得都很突出。他利用计算机技术，为少年犯管教所低价安装了一套高效监控设备，解放了大量警力，因此立功减刑。

“我们可以为他办理假释，出去协助你们办案。不过，他是一把极难驾驭的双刃剑，能造福社会，也能危害社会。”韩艳一直担心这个问题，也一直没有找到解决办法。

杨真问：“韩所，你和他的家人联系过吗？”

“联系过多次。他妈妈万念俱灰，基本就是行尸走肉；外公外婆去世，舅舅移居国外。把他放到社会上，稍有诱惑，他就会走上犯罪道路。”

肖雅雯说：“韩所，我们和中科院联手，为高智商的少年举办一个特殊教育研学班，我想把张凡带到研学班接受全方位教育，把他培养成对社会有用的人才。”

韩艳放心了，让肖雅雯、杨真去见张凡，侧面了解他的情况。

杨真和张凡谈的最多的话题，竟然是游戏。

张凡是玩游戏的高手。他喜欢玩三种模拟经营类游戏：一是《工业崛起》，玩家要扮演一个企业家，生产、销售产品，经营管理公司，最后把公司运营上市。他在游戏中，已经成为世界首富；二是《房产达人》，玩家不断地买入旧宅，翻建维修，然后出售获利。在这款游戏中，他已经成为亚洲第一大地产商；三是《商场里的一块砖》，玩家要从小卖部开始，一步步经营，最后变成跨国零售集团。他在游戏中，经营三家类似沃尔玛的零售集团。

通过沟通，杨真觉得张凡、沙阳、郭晓宇太像了。张凡应该很容易走进沙阳的内心世界，找到他的作案证据。

沙阳从高科技犯罪侦查局回到出租屋后，就把自己关在屋里。网警监控到，他经常登录“知乎”和“悟空问答”网站，浏览神经系统、大脑发育等相关问题。

有时候，他会提出一些问题，供网友回答，有时和网友互动。如果遇到初中生，甚至小学生，他就会主动联系对方，成为 QQ 好友。

沙阳和郭晓宇没有发生任何联系，仿佛从此断绝关系。

张凡关注沙阳一段时间后，给自己取了一个“机电猫”的网名，然后和网警联手，编制了长达三年的上网记录。如果沙阳调查张凡，会发现张凡是和他有同样爱好的老网民。

准备妥当之后，张凡开始回复沙阳的问题，或在他的某个帖子下面支持或反对他的说法。

一段时间后，沙阳关注张凡。他得知张凡 14 岁，组织过犯罪团伙，在少年犯管教所待过一年，对张凡很感兴趣。

对于自己的身份和经历，张凡没有任何编造。沙阳在网上也查到了关于张凡的各种报道，于是就主动与张凡成为 QQ 好友。

在 QQ 上，他们貌似天马行空，什么都聊，事实上还是沙阳在主导话题，暗中了解张凡。张凡也不设防，也不关心沙阳个人情况，自己知道什么就说什么。

又过了一周，沙阳提出和张凡见面。

张凡按照杨真的设计，从拒绝、婉拒，到考虑，最后勉为其难地与沙阳定好见面时间和地点。

杨真把张凡带到高科技犯罪侦查局技术处。张凡第一次见到可以注射到皮下、米粒大小的监控芯片，非常好奇，甚至怀疑它的功能。

了解监控芯片的强大功能后，他欣然接受，目不转睛地看着技术警察把监控芯片植入他的虎口处。

杨真把微型摄像头缝在他的衣领上，叮嘱道："沙阳如此急于见你，估计要让你破坏某处安防设备。你可以满足他的要求。监控芯片和微型摄像头会记录全过程。"

能帮助高科技犯罪侦查局破案，张凡好像为自己的聪明才智找到了用武之地，爽快答应杨真："杨警官，您放心，我在您的领导下，肯定会成为中国的弗兰克！"

弗兰克·阿巴格内尔，是美国 FBI 历史上年纪最小的通缉犯。在 20 世纪 60 年代，他以医生、律师和飞行员的身份到处行骗，伪造支票和证件，诈骗几百万美元，被多个国家警方通缉。

各国警方之所以迟迟抓不到弗兰克，因为没有人相信，一个 16 岁的高中生能欺骗那么多成年人。

弗兰克归案后，成为 FBI 的特别顾问，专门帮助 FBI 甄别票据诈骗。

当天下午，张凡带着他的狐朋狗友，和沙阳如约见面。那些少年，如众星捧月一样，站在张凡身后。

杨真坐在监视器后面，紧张得手心冒汗。

张凡很放松，沙阳很谨慎。他们闲聊一个多小时后，沙阳起身告辞。

夜幕中，在远离沙阳住处的地方，杨真见到张凡，拿到他衣领中的存储器。

“杨警官，我表现得怎么样？”张凡认真地问。

杨真竖起大拇指：“张凡，你绝对有当领导的风范和气质。从今以后，你要好好学习，好好表现，以后肯定大有作为。”

张凡告诉她，沙阳说话时经常中断，跳跃性很强，突然从一个话题转移到另一个话题，有时候很难猜出他的真实意图。

杨真告诉张凡，他要按照既定的角色，以不变应万变。沙阳之所以这样做，是在考察他的底细。

分手时，杨真劝张凡，回家看看妈妈：“张凡，你妈妈已经为她的错误选择付出了巨大的代价，我们应该原谅她。你只有原谅她，才能和过去的自己和解。”

张凡没有说话，轻轻地点点头，转身消失在夜幕中。

第二天，沙阳又约张凡见面。

他们见面后，沙阳依然没有谈任何实质性问题，只是抱怨大人把孩子当成工具，叫张凡不要相信大人，也不要怕大人。大人利用他们，他们也可以利用大人。大人都歧视像他们这样的问题孩子，他们要团结起来，让大人为他们的歧视埋单。

张凡则讲他在少年犯管教所的经历，如何利用年龄优势、法律漏洞规避法律的制裁。

沙阳喜欢听张凡讲述警方侦查、审讯、管教的过程。张凡对此知无不言，言无不尽，把自己遇到的、听说的、真的、假的都讲出来。

“沙阳，你说大人经常利用我们。你给我讲讲，韩津是怎么利用你的？听说他曾经是电视台著名主持人，人品应该能及格吧？”张凡说。

“呸，沽名钓誉的家伙！”沙阳吐了一口唾液，“不知道他从哪个渠道得知肖西光利用我做试验，就主动找到我，给我灌输他的反科学主义，唆使我主动站出来，揭发肖西光的非法试验。

“他给我推荐一本书，叫什么《爱弥儿》，告诉我每个孩子生下来都是天使，如果犯错了，绝对是社会的问题。哈哈，我们变成现在这种样子，都是社会的问题。大人也一样，只盯着我们身上的问题，看不到他们自己身上的问题，太可笑了。”

最后，沙阳问张凡想不想离开这里，去做一笔大生意，赚一笔巨款。

张凡问：“我的地盘就在北京，离开这里不是不行，但得看什么条件。”

沙阳说：“张凡，只要我们联手，就没有赚不到的钱。你们一伙人，撬门别锁，搞了那么多次，才赚到 174 万元，最后还被抓了。我通过这个——”他指指自己的太阳穴，“就能正大光明地轻松搞到 65 万元。都啥年代了，还靠暴力赚钱，丢咱们高智商人的脸啊！”

张凡说：“沙阳，你是利用了韩津的社会资源，我还是有点儿不服。你也知道，我是一方老大，跟你到外地赚钱，你得拿出让我信服的理由。”

张凡想诱导沙阳说出郭晋龙的案子。

但是，关于郭晋龙的案子，沙阳只字不提。

“我只能说，肯定能赚到大钱。做这笔生意，不止你和我，还有其他朋友，我们联手创建属于自己的乐园。张凡，你愿意信就信，不信拉倒。我给你三天时间考虑，考虑好之后回复我。”沙阳起身，连个再见都没说就走了。

张凡征求杨真的意见。

杨真推测，沙阳可能带领张凡去寻找或者制造类环氧丙嘧啶。

狡猾的沙阳，完全没有透露他和郭晋龙案的相关信息，也没有透露他如何欺骗法院，获得 65 万元赔偿款。警方目前掌握的证据，还无法给他定罪，只能补充侦查，以此获得直接证据。

张凡离京，和假释条款有冲突，只能请高科技犯罪侦查局出面，与少年犯管教所、检察院、法院等部门协调。

拿到所有许可之后，杨真在张凡的纽扣里装上隐形摄影头，并叮嘱他，这个摄像头，只能在关键时刻遇到关键人物时才能使用。

崇拜英雄的张凡，没有想那么多，只想自己可能要面对更刺激的事情、更聪明的人，在他们身上检验自己的聪明才智，兴奋得无以复加，把风险全部忘到脑后。

监控中的郭晓宇，却从学校消失了。

那天学生在操场上自由活动。学校后面一幢教学楼正在装修，里面没有师生，还堆着不少建筑材料。郭晓宇躲过所有监控摄像头，从一楼排气窗爬出去。

沙阳搬到学校附近后，郭晓宇经常从这里爬出去与他见面，从未被校方保安发现。

郭晓宇离开学校后，在一棵树下找到一个旧塑料袋，从里面取出一身休闲服，换掉校服，扬长而去。

学校发现他失踪时，他已经离开学校 3 个小时了。

郊外，沙阳向张凡介绍郭晓宇：“他是我的哥们儿郭晓宇，干过大事儿！”

郭晓宇上下打量张凡后，像成人一样伸出手：“你好！”

“哦，干过大事儿？能不能讲讲？以后我们生死与共，彼此知根知底才好。”张凡一副老大的做派。

“我——”郭晓宇看了看沙阳。

“这都不重要，重要的是，我们都是天才，在一起干一件惊天动地的大事儿。”沙阳把双手搭在张凡和郭晓宇的肩上。

“咱们什么时候走？”张凡自然地启动纽扣中的摄像头，拍下郭晓宇的脸，传给杨真。

“稍等，我们还要等一个很重要的人。”沙阳拿出两瓶水，扔给张凡和郭晓宇。

半小时后，一个背书包的小女孩出现了。

“宋梓馨，和我们一样，都是受家长迫害的人，也是想和我们建功立业的朋友。”介绍完宋梓馨，沙阳指指远处的一辆轿车，“我花钱雇的车，司机不是我们的人。我们之间的事情，不能让他知道。”

“兄弟们，我们到底去哪里，到底做什么啊？”张凡挠挠头。

“你不是精通英语嘛，给我们做翻译。”沙阳说。

可能是遗传基因强大，张凡从小就有极高的语言天赋。别的孩子学英语，非常吃力，他学英语，就像学汉语一样。学习一段时间后，虽然写作不行，却能轻松看懂英语电影，口语能力都超过了学校的英语老师。

“翻译？给谁翻译？翻译什么？他们还有外国同伙？”张凡暗自琢磨。他看了看 3 个少年，“如果司机不是同伙，这 3

个小屁孩，他还是能轻松应付的。”

想到这里，他故意装糊涂：“沙阳，你是不是让我干这个？”他比画开锁的动作。

“知道你是这方面的高手，不过这次不用干这个。我跟你说过，我们向来不做违法的事情。”沙阳强调。

沙阳让张凡坐在副驾驶位置。他、郭晓宇、宋梓馨坐在后排。

轿车沿着高速公路一路南下，中途吃睡都在车里。司机实在太累了，就在休息区睡几个小时，然后继续赶路。

两天两夜之后，他们到达广西边境。

沙阳拿出一沓美元，数都没数就扔给司机。

司机驾车离去，沙阳得意地指着轿车的背影说：“你们看到没有，只要我们有钱，大人就甘愿做我们的奴隶！”

沙阳带领他们走进森林，在一棵大树下休息。

宋梓馨从书包里拿出几张纸，递给张凡：“这是设备图纸，你能安装好吗？”

张凡大致扫了几眼，发现这是一套生产设备安装图纸，不过不够专业。设计者可能没见过这种设备，只是凭想象推测画出来的。很多地方只标注这里需要“降压设备”，那里需要“蒸馏设备……

张凡边看边说：“这玩意儿没啥难的。不过配电器不能这么用……萃取出口一定要安在上面……离心机可能受管控，怎么能弄到……”

沙阳淡淡地说：“你想怎么改就怎么改吧，能使用就行。至于设备，你不用管了，会有人给我们提供的。”

“这图画得太潦草了，我可能需要几天时间才能改好。”张凡说。

“到达目的地还需要几天时间。我们在山里行走，可能会有些困难，希望大家克服一下。”沙阳像领导讲话一样。

通过研究，张凡发现这套生产工艺，主要是从某种液体中提取某种东西。难道他们要制造某种新兴毒品？宋梓馨看上去呆萌得很，她怎么会参与这种事情呢？

他们来到国境线附近，一个瘦小的当地人交给沙阳一个小包裹。他没说一句话，只在临走时满脸狐疑地打量他们。

“接下来怎么办？你真安排好了？”宋梓馨问沙阳。看来她并不知道沙阳要带她去哪里。

“先进山，找机会出去。”沙阳冷冷地说。

“喂，我们要越境吗？”张凡追问。

“怕了？”沙阳瞥了张凡一眼。

“靠，我怕个球啊！”张凡指指自己的脸，“我是半个外国人好吗？”

他们没有身份证，无法购买手机，但也因此躲避了大数据追踪。为了安全，张凡一直没有和杨真联系，直到要越境时，他才利用卫星信号，把他们的照片、所处位置发到杨真的邮箱里。

杨真外出办案，很晚才回家，看到宋梓馨的照片后，立即给江志伟打电话：“马上问问宋春霞，宋梓馨在不在她身边。”

江志伟打通宋春霞手机时，她正在满世界找孩子。

听到宋梓馨出现在边境，宋春霞硬着头皮来到高科技犯罪侦查局，去见她最不想见的杨真。

杨真向江志伟、宋春霞出示了沙阳、郭晓宇的照片：“宋梓馨现在和他们出现在广西边境。你们认识他们吗？以前宋梓馨和他们有过接触吗？”

宋春霞反复观看照片后，摇摇头。

“宋春霞，你不是说，宋梓馨不接受我，但绝对信任你吗？她都要出境了，你怎么什么都不知道？”江志伟大声质问宋春霞。

杨真制止江志伟：“现在最重要的事情，是找到孩子，埋怨、指责没有任何用处的！”

“杨警官，既然你有他们的信息，说明你们很容易找到他们。”宋春霞冷静下来，“肯定是那两个败家孩子拐走了宋梓馨，赶紧把他俩抓起来啊！”

江志伟紧紧盯着杨真，等待她回答。

杨真说：“我们办案，有一定的办案程序……”

她还没说完，外联处处长杜丽霞打来电话：“你认不认识一个叫宋梓馨的女孩？你过来一下。”

外联处接到国家智力检测协会报案，黑客不断攻击他们的数据库。

杜丽霞派出技术警察去调查，确认黑客下载了数据库中智力达到“标准 9”的名单。技术警察把那份名单带回来。杜丽霞看到排名第一的宋梓馨，就通知了杨真。

杨真看了一遍名单，宋梓馨、沙阳、郭晓宇、张凡全部在名单上，顿时意识到问题的严重性，马上通知张语桐，通过所有途径，核实这些人有没有和沙阳发生联系。

回到办公室，杨真故作镇定，委婉地问道：“宋梓馨做过智力检测吗？”

江志伟摇摇头：“我根本不相信那玩意儿。”

“我带她检测过。我是她的监护人，有这个权利！”宋春霞冷冷地说。

杨真说：“有人窃取了国家智力检测协会数据库中智力达到‘标准 9’的名单，宋梓馨在名单上。你们认真回忆一下，宋梓馨最近有没有反常的现象或者行为。”

江志伟摇摇头。此刻，他才意识到，他并不了解自己的女儿。

宋春霞除了关心宋梓馨的学习成绩，其他事情很少关心，自然也就无法回答杨真的问题。

第九章

孩子的天堂

杨真通过内部系统、高速公路上的高清监控视频，找到张凡乘坐的轿车。那辆轿车从广西返回时，被高速警方扣押。

接到通知后，杨真立即飞往广西。下飞机之后，她直奔当地公安局，审讯司机。

司机称，他受一个少年雇用，把 4 个少年送到广西，一路上吃住全在车上，到广西边境少年就让他返回。对于 4 个少年的情况，他一无所知。

杨真让司机回忆 4 个少年在路上都谈论什么。司机想来想去，认定他们上路之后，有两个少年想说话，遭到雇用他车的少年呵斥，从那以后他们除了吃喝，根本不说话。

杨真这时才意识到，沙阳等人的反侦查能力，远远超出她的想象。

她盯着地图看了半天，判断沙阳等人下车后，为了躲避路上的天网工程，肯定要进山。他们都没有去过广西边境，到那里做什么呢？

袁立群打来电话，银行方面监控到沙阳的银行账户上转出 55 万元，汇入广西边境一家运输公司的账号。

“我怀疑这家运输公司有洗钱的嫌疑，专门给出境潜逃的人提供资金服务。”袁立群说。

这是一种常见的把钱转到境外的手段。一些不法分子在国内外分别注册公司，以贸易的名义进行资金往来。潜逃人员把自己的资金汇入这些公司的账户，这些公司收取一定比例的服务费，再把这笔钱转到境外自己的公司。待潜逃人员到达境外后，再提取这笔钱。

沙阳把钱转到境外做什么呢？难道 4 个少年要出境？

如果他们出境，宋梓馨为什么要跟随？张凡为什么不报警？难道自己被张凡利用了？

杨真正在焦急时，手机突然收到一条短信：暹国边境神军控制区，提炼某种化学物质。张。

这条短信发自一个陌生的手机号码。

杨真马上回拨，接电话的人应该是中年妇女，用非常不标准的普通话告诉杨真，一个很帅气的少年给她 100 元人民币，让她发这条短信。

她确定，这条短信是张凡利用某个空当，抱着试一试的心理发出来的。不过，这条短信信息量很大，既说明他们在什么地方，又说明他们想做什么。

沙阳最需要的东西，或者离不开的东西，应该是类环氧丙嘧啶。他们跑到境外，肯定是为了提炼类环氧丙嘧啶。

4个少年能提炼类环氧丙嘧啶吗？和肖西光朝夕相处的沙阳，加上聪明到令人发指的张凡，鬼才知道他们能做出什么来。

杨真立即转告江志伟和宋春霞，综合各条线索分析，宋梓馨并非被诱拐，她极有可能到暹国参与提炼类环氧丙嘧啶活动。

“用沙阳做药物试验的教授叫什么？”宋春霞忽然问到这个问题。

杨真不知道她为什么要问这个问题，随口答道：“肖西光。宋梓馨接触过他？”

“宋梓馨怎么可能接触那种烂人！他们提炼类环氧丙嘧啶，肯定需要一些设备。按照暹国现有的制造能力，应该无法制造这种精密设备。你们派人监控国内出口到暹国的设备，不就行了嘛。或者，追踪提炼类环氧丙嘧啶的原料也行。肖西光利用什么原料提炼的？”

“孕妇尿液。”杨真说道。

“暹国什么地方能有这么多孕妇尿液？你们反向追踪不就行了嘛。”此刻的宋春霞，比杨真还冷静。

通话结束半个小时，江志伟又把电话打过来。他告诉杨真，现在的宋春霞，好像哪里不对劲儿。

“哦，说说看。”杨真说。

“我感觉她过于冷静。宋梓馨失踪后，我都六神无主了，她却没有。”

“你要关注她，她千万不能再出什么事儿。你放心，我们肯定会把4个孩子找回来的。”杨真安慰道。

杨真放下电话，通知龙剑查阅有关“暹国神军”的资料，然后询问出境办案需要走什么程序，这些程序获得审批需要多长时间。

龙剑把“暹国神军”的资料汇总之后拿过来，告诉杨真，宋春霞也是国际超人协会外围成员。

行动处处长许清扬通知杨真，公安部领导非常重视这个特殊案件，已经与暹国警方取得联系，要他们协助我方警察办案。局党委研究决定，派她和王鹏翔办理此案。

对于23岁的王鹏翔，杨真还是非常了解的。

几年前，肖雅雯和王鹏翔的父亲谈恋爱，已经到谈婚论嫁的地步。没想到王鹏翔父亲在执行任务中遇难。即便后来肖雅雯和许彦波结婚，也一直与王鹏翔保持良好的关系。

肖毅提出全家人参加个人基因库公益活动，王鹏翔也积极响应。

在基因检测过程中，发现王鹏翔的基因中，存在肌肉生长抑制素基因双重突变。这种现象，8 万人中才会有 1 例。基因发生这种突变的人，体脂率会比正常人低很多。不仅如此，他的基因还存在 13 万人才有 1 例的 LRP5 突变，致使他的骨骼强度超过普通人 15%。

虽然王鹏翔和《X 战警》里那些喷云吐雾的变种人无法相提并论，但他从小就能做出各种超常规动作，并且极少受伤。

天赋异禀的他，后天也非常努力，考入警校之前，就创建了一套超级格斗技术。警校毕业后，他在高科技犯罪侦查局负责训练警员，或者测试防暴设备。

许清扬把杨真带到训练馆，见王鹏翔正在训练警员，就坐在一旁观看。

十几名男女警员身穿训练服，站成标准队列。队列前放着一把供平衡训练使用的特制转椅。

身高 1.7 米，肌肉发达、体形匀称、表情刚毅的王鹏翔正在大声给警员上课。

“我们能看到波长在 770 到 390 纳米的电磁波成像，能听到 20 到 20000 赫兹的声音，神经传输速度是 100 米 / 秒，每立方厘米肌肉可以产生 100 牛顿的力。这些知识你们在警校里应该学过，但是仅靠这些，你们还是无法推算出奥林匹克运动会的标枪纪录是多少。

“在特定情境下完成特定任务，需要做出特殊动作，需要身体各器官协同参与。这些动作能做到什么水平，跟日常训练有关，跟个人天赋有关。但是，你们要知道，一个人的潜力，是远远超过我们的想象。下面，我给你们做一个试验。”

说完，王鹏翔盘坐在转椅上，一个警员用转椅上的皮带把他固定住，然后给他戴上眼罩。

王鹏翔右臂平举。警员转动转椅，让他的右手对准墙上的警徽。

王鹏翔收回右臂，警员猛地转动转椅，转椅像陀螺般飞速旋转。转到最快时，都看不清他的脸。

十几秒后，转椅缓缓停下，最后静止。

王鹏翔伸出右手，准确地对准墙上的警徽。

第二次、第三次、第四次，王鹏翔都能在转椅停止后，把右手准确指向警徽，赢得警员大声欢呼。他摘下眼罩，解开皮带，走到警员面前，揭开谜底。

“这不是特异功能，人人都能做到。放弃视觉，靠机体觉和平衡觉，在黑暗中准确辨别方位，是警察的基本技能。当然，前提是练得足够多、足够苦。”

训练课结束后，许清扬向王鹏翔招手。

王鹏翔快速跑向许清扬。

许清扬说：“案情紧急，你和杨处马上去暹国。具体情况，杨处会向你说明的。”

当天晚上，王鹏翔和杨真登上飞往暹国首都的航班。

暹国警方把杨真和王鹏翔安排到酒店里，并告诉他们，4个中国少年在走私分子的帮助下，偷偷进入暹国境内。因为要配合中国警方工作，暂时没有惊动他们。

整理进山工具时，杨真发现王鹏翔携带一个便携杯形状的容器。拧开后，里面是一块布料，展开后形似斗篷，黑得出奇。放到灯光下，它宛如一个吸收光线的黑洞。

“这是什么武器，我怎么没见过？ ”杨真问。

“魔法斗篷，隐身用的。”王鹏翔嘻嘻笑道。

“你可不是来给暹国人义务表演魔术的。”杨真说。

“在这里，咱们没有执法权，不能使用枪械，我必须有所准备，才有安全感。”

张凡决定跟沙阳出境，一则因为好奇，二则因为责任。

从来没有人，包括父母在内，都没有像杨真这样信任他。尽管不知道自己要面对什么，但他就是不想辜负杨真的这份信任。

他们在边境线上等了两天，对面才过来几个人高马大、满脸匪气的成年人，命令沙阳等人跟随他们过境。

过境后来到一个村子，沙阳对张凡的监督才略有松懈。

他利用去厕所的机会，写了一张纸条，用100元纸币夹着，交给同去厕所的一个中年妇女。

沙阳好像变了一个人，一路上有说有笑，和接应他们的人聊着各种话题，郭晓宇有时候也插话。

那些人虽然是暹国人，却精通汉语，和他们对话一点儿问题都没有。宋梓馨默默地跟在他们后面，脸色煞白，满腹心事，一言不发，显然她也不知道沙阳会把她带到哪里。张凡走在人群中间，也不敢四处张望，只能在心里默默记下走过的路。

在暹国，由于历史原因，教派不同，存在几股武装势力，各自占据一定面积的地盘。他们的目的地，就是由神军控制的几十平方公里的地方。

他们来到神军控制区，登上一辆旧卡车，沿着崎岖的山路前行十几公里，来到一座大山脚下。

上车以后，沙阳才告诉张凡和宋梓馨，他们要去神军控制区。以前的神军首领去世后，现由他11岁的儿子约翰统领神军。

“神军控制区，才是孩子的天堂，才是真正属于我们的家园！”沙阳得意扬扬地说。

“我怎么没听说过这个地方，不会是网络谣传吧？”张凡虽然统领过十几个小弟，但毕竟都是比他大不了多少也小不了多少的孩子。神军控制区，肯定有大量的成年人，他们怎么会甘愿听从 11 岁孩子的摆布？难道这里还有继承皇位一说？

“真的，我们和他们认识很久了！”郭晓宇自豪地拍着胸脯。

原来，消息灵通的约翰得知肖西光秘密研发类环氧丙嘧啶，并且遭到法院制裁，就派人秘密联系沙阳了解情况，得知类环氧丙嘧啶能提高少年的智力，就向沙阳许诺，如果他能用实际行动证明类环氧丙嘧啶的功效，就能满足他的一切要求。

沙阳为了证明自己所言不虚，和郭晓宇联手盗取郭晋龙账户的资金，利用特殊渠道汇给约翰；又购买了一定数量的类环氧丙嘧啶，送到神军控制区，让约翰找些少年试验。试验效果很明显，约翰就邀请沙阳到神军控制区生产、研制类环氧丙嘧啶，旨在打造世界上智力珠穆朗玛峰。

沙阳意识到，靠自己根本无法在神军控制区立足，就想办法联系国家智力检测协会数据库中智力达到“标准 9”名单上的人。

他和郭晓宇联系到宋梓馨，后来又遇到张凡，觉得实力差不多了，才奔赴神军控制区。

当然，他们以前从未到过这里。郭晓宇自幼喜欢摆弄电脑，偷学了不少黑客技能。自从和沙阳结成恶童二人组，一直由他负责网上联系。

卡车在连绵不绝的丘陵地带颠簸着。这里山势并不险峻，但到处是参天古树、茂密的灌木。在里面行走，视野范围只有几十平方米，先进的武器在这里百无一用。

接近神军驻地时，到处可见持枪的壮汉。那些壮汉，穿发白的草绿色军服，密切注视着过往行人。

他们下了卡车，又走了一段路，一个四十多岁、军官打扮的人在路边等候。

沙阳向他举手示意。

军官双手合十："我就是大卫，少主派我在此等候贵宾。"他说罢，俯下身子，示意要背沙阳前行。沙阳也不客气，就伏在他肩上。

3个壮汉走过来，其中两个二话不说，就把郭晓宇和宋梓馨背在背上。

"不，不，我能自己走。"张凡摆手拒绝。

最壮的汉子不由分说，把张凡举起，让他骑在肩上。

一行人健步如飞，进入丛林。他们爬过三道岭，蹚过两道河，抵达神军营地。

这里像古老的村落，成片的低矮草房，拱卫着一栋高大的竹楼。

在竹楼底下，壮汉们把4个少年放下。大卫帮他们整理一下衣服，带他们走进竹楼。

竹楼一层是宽阔的大厅，大厅正北面，有一个类似讲台的石台，上面有一张宽大的红木桌子，神军首领约翰端坐在桌子后面。

石台下面两侧，整齐摆放两排宽大的藤椅，上面坐着穿军装的少年。

张凡打量石台上的约翰。他面目清秀，头发很长，穿着崭新的军装，冷冷地注视着大卫身后的4个少年。

约翰干咳一声，坐在藤椅上的少年全部起立。

大卫走到石台前，把右手放在左胸前，躬身颔首：“少主，卑职把客人接回来了。”

约翰挥挥手，大卫退出去。

约翰起身走到沙阳面前，上下打量一番，用英语说道：“欢迎远方的客人！”

沙阳听不懂约翰说什么，拽了拽张凡的衣服。张凡便在他们中间充当翻译。

约翰比沙阳大一岁，个头跟沙阳也差不多。他身边的少年兵，人手一枪，杀气腾腾。

约翰和沙阳神交已久，现在一见如故，沟通非常顺畅。他告诉沙阳，他会给予沙阳很大的权限，可以调动这里的各种资源，尽快完成“智力珠穆朗玛峰计划”。

第二天，沙阳就按照张凡绘出的图纸，把采购设备清单交给约翰。约翰立即命令大卫负责采买。

张凡和宋梓馨根据沙阳的记忆，又把图纸推算一遍。他俩好像是天生一对制造搭档。张凡动手能力强，宋梓馨学习能力强，很快就把图纸完善好了。

把这里的少年变成全世界最聪明的人，再利用网络技术，和那些丑陋、虚伪的成年人一较高下，让他们乖乖地臣服，绝对是一件相当刺激的事情。

沙阳每每想到这一点，干劲儿更足了。

张凡不理解沙阳为什么执着于生产、研制类环氧丙嘧啶，并询问注射类环氧丙嘧啶后是什么感觉。

在这种神仙都不管的地界，沙阳就不再隐瞒了。他告诉张凡："类环氧丙嘧啶，可能是世界上最伟大的发明。如果我愿意，下一个获得诺贝尔化学奖的人肯定是我。我曾经是一个非常普通的山里孩子，因为投胎错误，出生后我就遭受各种白眼、讥讽。对于大人的世界，我看不透，想不明白。自从注射类环氧丙嘧啶之后，我不但能轻松学会课本上的知识、掌握网络上的知识，还能读懂大人的真实心理。他们在我面前，就是透明人。

"我相信，没有人会拒绝能让自己变得无比聪明的神药，会有更多和我一样的少年，加入我们的阵营。我们可以利用高于成年人数倍的智力，戏耍他们、利用他们、控制他们、欺骗他们，让他们把时代的舞台拱手让给我们。我们才是未来时代的真正主人！"

"大哥说得没错，我们要把全世界少年团结起来，对付虚伪的成年人！”郭晓宇插话道。

张凡问：“郭晓宇，你是富二代，跟我们这些穷鬼不一样，你为什么要来到这里？”他看看沙阳，“如果这个话题涉密，就当我没问啊。”

沙阳示意郭晓宇讲下去。他知道，他们之间必须相互信任，以后才能密切合作。以他的成长经历，认为暴力解决不了任何问题，只会把问题变得更糟糕。

“富二代？我只能呵呵了。你们根本不知道，他对待我妈妈是什么态度。我妈妈与他白手起家，省吃俭用，帮他成为富翁。有钱之后，他一个月都不回一次家，整日和夜总会的女人混在一起，在她们身上大把花钱。我妈妈和他吵架，他就打我妈妈。我怀疑，我妈妈遭遇的车祸，就是他设计的。我那个后妈，靠未婚先孕的手段，逼着他结婚。后妈到我家后，表面上对我很好，暗地里在他面前说我坏话。我跟他讲，他还不信，把沙阳弄到我家监视我，证明我是不是撒谎。他怎么也想不到，我和沙阳能联手对付他。”

郭晓宇为了博得张凡和宋梓馨的同情，编造了一套谎话。

张凡听完，不知道怎么接话了。他恨他妈妈，也没有恨到这种地步。

他们谈自己过去的事情时，宋梓馨便躲到一边，默默地研究图纸。别人问及她的过去，她羞涩一笑，从不多说。

一个月后，大卫把所需设备采购齐全。张凡对照图纸，开始组装。

张凡确实是机械制造天才，设备组装完成之后，开车运行，一切良好。

当地的孕妇，得知有人收购自己的尿液，便拼命喝水，积攒尿液，以此换钱。

一周后，他们依靠两台柴油发电机发电，在简陋的设备上开始提纯尿液。一天之后，他们就提炼出 10 克类环氧丙嘧啶。

沙阳看着自己提炼出来的类环氧丙嘧啶，激动万分："兄弟们，我们成功了！我以身试药，如果效果良好，我们全部注射，让我们的智力碾压世界所有人！"

暹国警方带领杨真、王鹏翔来到边境特种部队驻地指挥部，见到团长波刚，了解神军的情况。

波刚介绍说，在暹国边境有多支地方武装，控制 2/5 的国土。神军是规模最小的一支，顶多算游击队，大部分成员脱下军装就是农民。但这也成为他们的优势，一旦政府军对他们进行围剿，他们就化整为零，回家种地。政府军走后，他们又集结起来，在大山里种植、生产毒品，以此谋利。

当地百姓和神军基本是同宗同族，很多人秘密为他们提供给养，或者提供信息。

政府军的军官，也不想一下子把这些地方武装清剿干净。因为只要他们存在，政府就会源源不断地给政府军拨款。对政府军来说，这些地方武装，就等于摇钱树。

杨真问波刚，是否知道4个中国少年偷渡入境，进入神军控制区。

没想到，波刚对此一清二楚："根据我手下人报告，4个广西人帮助4个中国少年偷渡入境，送到神军控制区。"

"帮助4个中国少年偷渡入境的人，是中国人？他们现在在哪里？"杨真急切地问道。

波刚说："暹国和中国是友好国家，边境管制并不是很严格。大部分暹国女孩，都愿意嫁到中国去，于是两国边民走动频繁。边民凭借护照或身份证，就可以过境一天。这次涉及4个中国少年，暹国警方过问此事，我就暗中派人盯住他们。他们目前还在暹国境内。"

"杨处，他们还在暹国境内，我可以去会会他们。"王鹏翔说。

波刚看了看王鹏翔："他们可不是普通边民，是运送毒品、组织偷渡的亡命徒。你一个人能对付得了吗？"

"没问题。"王鹏翔非常自信地说。

波刚摆摆手："不行，你们毕竟在暹国境内，没有执法权，只能协助我们执法。这样，我派两个人，名义上以我们为主，你们为辅，如何？"

波刚是军界老油条，他知道如何在不违法的范围内，全力配合中国警方破案。

杨真和王鹏翔只能点头同意。

王鹏翔和波刚手下的两个人，来到线报提供的地址，看到 4 个壮汉正在露天的小餐厅吃饭。

4 个壮汉把沙阳等人交给大卫之后，并没有返回中国境内，而是住在亲戚家，准备帮助几个暹国人偷渡到中国境内。

他们看到王鹏翔，职业敏感性让他们意识到，可能遇到中国警察了。

“我们是暹国边境特种部队官兵，请你们跟我们走一趟。”波刚的两个手下喊道。

4 个壮汉经常贩毒、协助人偷渡，自然不可能束手就擒。

一个壮汉猛地喝了一碗酒，然后把碗砸向王鹏翔。

王鹏翔闪身躲过。壮汉根本不给他还手的机会，抬腿一个正蹬，踹向他胸口。

王鹏翔不躲不闪，见壮汉的脚到胸前时，双手抓住壮汉的脚踝，用力一拧，便把壮汉掀翻在地。波刚的两个手下上前压住壮汉的脖子，掰过壮汉的双手，戴上手铐。

两个壮汉推桌而起，各自抽出匕首刺向王鹏翔。

王鹏翔微微闪身，让过一支匕首，然后抓住一个壮汉的手腕，提膝撞向壮汉肘部。壮汉肘部反关节受到撞击，只听轻微的“咔嚓”一声，匕首落地，壮汉捂着肘部惨叫。

另一个壮汉还没反应过来，王鹏翔已经绕到他身后，一个截踢，踹到他的腘窝处。他立即跪地不起。

波刚的两个手下，一人负责一个壮汉，给两个壮汉戴上手铐。

最后一个壮汉见势不好，起身就跑。

波刚的两个手下掏出手枪，用生硬的汉语喊道："不许动，再动我们就开枪了。"

最后一个壮汉立即站下，举起双手。

王鹏翔和波刚的两个手下，把 4 个壮汉押到边境特种部队驻地。

杨真和王鹏翔秘密审讯 4 个壮汉后得知，他们受神军的大卫委托，已经把 4 个中国少年带到神军营地。至于 4 个中国少年到神军营地做什么，他们并不知道。

第十章

神　　军

波刚一直难以相信，一个 10 岁的中国娃娃，能带领 3 个 10 岁娃娃越境研制神秘药品。他以为，极有可能是那种毒不死人、除了死人治不活的保健品。

杨真纠正道："绝对不是保健品，而是科技含量非常高的药品。"她担心波刚理解不了，便把类环氧丙嘧啶说成药品。

因为有暹国高层指示，再加上两国关系友好，波刚把杨真和王鹏翔安排在神军控制区边缘的秘密基地后，派出得力的情报员化装成当地山民，打探 4 个少年的消息。

分别时，波刚再三叮嘱杨真："如果我们和神军发生冲突，无论如何你们都不能参战。一是我不想看到你们受伤，二是因为你们身份特殊，在外交上要避免不必要的麻烦。”

波刚的担心，也是现实存在的问题。杨真应允。

便衣小队把杨真和王鹏翔送到秘密基地。杨真到那里一看，其实是边境特种部队经营的小杂货店。外面和老百姓经营的杂货店无异，内部却设有电台、卫星电话，可以链接中国虹云天基互联网。

那里距离神军控制区只有 20 公里。杨真入住后，边境特种部队的便衣侦察员就不断地传来情报。过去经常到处乱窜的神军突然龟缩到主营地；在神军控制区周边，增设了岗哨；一个小山寨里出现一个简易工厂；神军派出大量人手，到处收购孕妇的尿液……

便衣侦查员说，神军主营地有很多孩子，穿统一军服。他们无法辨认哪个是中国孩子。

波刚打来电话询问，中国警方是否又派人入境。

杨真表示，目前得到中国警方批准入境的，只有她和王鹏翔。

“据我们的情报，一个中国女人和一个欧美国家男人正在靠近神军控制区。”波刚说完，给杨真发来无比清晰的卫星图片。

杨真看到图片中的女人，沉思不语。

“杨处，你认识她？”王鹏翔问。

“宋梓馨的妈妈宋春霞。”

“她到这里找孩子？胆子也太肥了吧？那个老外是谁？跟她是什么关系？”

这也是杨真想知道的。

波刚继续提供信息，那个男人是德国人，名叫戴里克，莱比锡大学生物学院教授。三年前以公益讲师身份游走于东南亚各国。目前在暹国化工大学任教。宋春霞以个人旅游名义入境后，便和戴里克赶往中暹边境。

杨真思考片刻，向波刚汇报，宋春霞还有一个特殊身份，是国际超人协会会员。

“这是新出现的恐怖组织？”波刚头一次听说这个协会。

“这是由各国科学家组成的民间团体，表面上从事科研交流活动，但幕后有不明资金资助。他们到底在做什么，中国警方也在密切关注之中。”

“他们都是以合法身份入境，目前也没有犯罪证据，我们无法拘捕他们。不过，我可以以他们非法进入我方军事禁区、涉嫌盗窃我方军事机密为由扣押他们。要不要对他们采取措施？”波刚征求杨真的意见。

“他们暂时对贵国军方构不成威胁。我建议暗中监视他们，可能对我们破案有帮助。”

“好，我多安排一些人，秘密跟踪他们。”波刚接受了杨真的建议。

戴里克和宋春霞在距离杨真 20 公里的一个村子里住下

来。他们每天深夜竟然能巧妙地避开所有岗哨，到神军主营地转悠。

看来，宋春霞的目的是寻找宋梓馨，但是能避开山里的明岗暗哨，她是怎么做到的呢？

阳光照在脸上，熟睡一夜的沙阳才醒来。

自从停止注射类环氧丙嘧啶之后，他的睡眠质量越来越差，噩梦越来越多。即便清醒时，大脑常常一片空白，思维仿佛陷入凝固状态。

他知道自己的大脑遇到了什么麻烦，也在想尽办法解决这个问题。昨天他提炼出类环氧丙嘧啶，就迫不及待地注射了。他知道这是一种冒险行为，但他更讨厌智力还不如山村里的自己。

此刻，他的大脑不再是混沌一团，睁眼就能看穿外面的一切。这种感觉，离开他太久了，他兴奋地做出拳击姿势，有力地打出两记直拳。

已经吃过早饭的张凡、郭晓宇、宋梓馨，坐在竹楼下的椅子上，不停地向楼梯口张望。

满面红光的沙阳出现在楼梯口，冲他们挥挥拳头。

“我们成功了，成功了！”郭晓宇兴奋地跳起来。

沙阳慢悠悠地走下楼，低声说：“今天晚上，我们都可以体验一下自己的劳动成果，找一找世界上最奇妙的感觉。”

宋梓馨连忙摆手：“我不需要，我不需要。”

张凡问：“能有那么神奇吗？晚上我也试一试。唉，我已经够聪明了，再聪明可咋办啊？”

晚上，沙阳、郭晓宇、张凡注射了稀释的类环氧丙嘧啶。经过一夜昏睡，第二天他们都像换了一个人，神清气爽，精力十足。

沙阳又一个担心出现了。按照现在的产量，只够他们自己注射，这是约翰无法接受的。约翰请他们来，目标是打造智力的珠穆朗玛峰，需要大量的类环氧丙嘧啶，给大批少年注射。

“我们的设备太简陋、陈旧，好多地方需要手动控制，产量很难再提高。”张凡望着那套如老爷车似的设备说。

“怎么办？”沙阳问，“你是天才，必有天才的办法。”

张凡摇摇头：“天才，没有天，只能是用于烧火的劈柴！我们要么慢慢生产，要么找到更多的原料。”

慢慢地生产，谁也耗不起，看来只能采取第二种方案，增加原料，增加生产时间。

如果古代秀才活到今天，他们获得的信息量连小学生都不如；牛顿穿越到现在，高考物理试卷也未必能及格。现在的孩子，放到一千年前，个个都是神童。

这就是弗林效应！现在的孩子，不止智商，身高都比前几代人增加许多。科学魔法所到之处，所有孩子都在受益。

然而，他们的道德、心智呢，科学技术能解决吗？

现有法律，能对孩子进行有效约束有效震慑吗？

今天的孩子，变得更高、更壮、更聪明，生活环境、学习条件更加优渥，却承担很少的社会责任，真的合理吗？

这些天，杨真反复思考这些问题。

手机铃声响起。杨真拿起手机一看，显示是当地手机号码。她接通电话，听到张凡的声音："约翰准备袭击附近妇幼保健院，把孕妇劫持到基地。"

"他动用多少人？"

"二十几个，全是少年兵，化装后带短枪。约翰亲自带队，沙阳和郭晓宇也去。我和宋梓馨留下看管设备。你们别看他们是少年兵，他们杀死的人，绝对不比你少。"

"你怎么拿到手机的？"

"他们丢弃的手机，我修理好了，但我只能使用一次。"

"我现在距离你们只有 20 公里，但无法锁定你的具体位置。有机会你启动监控芯片，给我提供准确定位。如果有机会，你先把宋梓馨带出来。"

"沙阳和郭晓宇呢？"

"我另有安排！"

放下电话，杨真打开高科技犯罪侦查局独有的定位系统，锁定张凡体内监控芯片发出的信号。信号随后消失，应该是张凡关闭了监控芯片。

杨真将张凡提供的信息转给波刚。

波刚分析，附近只有一家妇产医院，约翰肯定会袭击那里。他马上安排人进入医院，在各个位置布控。

双方确定围捕方案后，杨真和王鹏翔去找宋春霞。

杨真突然出现，让宋春霞不知所措。

杨真径直走到戴里克面前："戴里克，51 岁，曾任莱比锡大学生物学院教授，现在在暹国化工大学任教。10 年前，你用小白鼠做试验，将它们的寿命提高正常值的两倍。你以公益大使身份做掩护，研究暹国人的长寿基因。"

戴里克淡定地说："我所做的一切，违反德国和暹国的法律吗？你作为中国警察，应该没有权力干涉我的自由。"

他说的都对，让杨真一时间无言以对，转向宋春霞："你是国际超人协会会员吧？"

"杨真，我来救我的女儿。你们警察不救，还不让我救吗？"宋春霞反问杨真。

"宋春霞，我理解你救女心切，但是救人不是到超市买东西，专业的事情还得交给专业的人去做。"杨真说着，发现宋春霞的眼睛跟正常人不一样，联想到她能在夜间躲过神军的明岗暗哨，于是改口问道，"你的左眼植入了什么东西？"

宋春霞看了看戴里克，没有说话。

戴里克傲娇地指指自己的眼睛："我研发的新产品，微型热成像显示器。"他将手背靠近杨真的手包，手背便出现了指甲大小的光斑，"你手包里装有手机。我的新产品，能感受电磁场。此外，我们体内还植入了其他设备，比你们警察的设备高级得多。"他指指窗外，"都什么时代了，救人应该靠科技，而不是暴力。"

杨真见他们用自己难以想象的科技产品，把自己武装到牙齿，就放弃制止的念头。她告诉戴里克，当地山民中到处都是神军的耳目，他们应该小心行事。

戴里克表示同意，愿意在警方指导下，一起营救宋梓馨。

杨真拿出手机，指着屏幕上的定位地图："今天晚上，会有人把宋梓馨带出神军控制区。我们前去接应。宋春霞，为了安全起见，你应该留在这里。"

"我是宋梓馨的妈妈，为什么让我留在这里？"宋春霞质疑道。

"到处都是神军的明岗暗哨，人多不方便行动。重要的是，我们有可能和神军交火。那里是决定生死的战场，不是学校的考场。"

宋春霞冷笑道："应该是由我告诉你们，哪里有神军的明岗暗哨。"

杨真认为宋春霞说得不无道理，也就不再坚持。

约翰、沙阳、郭晓宇带领二十几个少年离开营地之后，张凡便在营地里到处转悠。那些负责警戒的神军，知道他是非常有本事的天才、约翰请来的能人，在这里研发一种价值比毒品还高的东西，都对他敬佩有加。只要张凡在合理区域内活动，他们也不想过多干涉。

张凡凭借超强的记忆，回忆着来时的路，寻找躲避岗哨的办法。

张凡来到工厂内，见宋梓馨还在查看仪表，悄悄地把她拉到里面，压低嗓门问："你想不想逃出去？"

宋梓馨盯着张凡，好像听不懂他的话。

张凡说："他们想利用像你一样的少年，成立破坏社会的组织。这是严重的违法行为。我不想参与了，你也不要卷进去给他们当炮灰，不值得！"

"这里到处是他们的人，而且都是大人，你能跑出去吗？"宋梓馨反问。

"我记得来时的路，还有他们的岗哨位置。只要咱们足够小心，就能跑出去。"

宋梓馨眼中噙着泪水："郭晓宇把我骗到这里，说这里是儿童的天堂，少年的极乐世界。在这里，不用上学，不用上辅导班，自己想做什么就做什么。事实上，在这里，我什么都做不了。我——我有点儿想家了。但是，一旦他们把我们抓回来，肯定会殴打我们的。"

张凡附在宋梓馨耳边："你应该认识杨真吧？她现在带领

警察，就在 20 公里外。我就是杨真的眼线。”

宋梓馨瞪大眼睛：“杨阿姨真的来救我们了？”

张凡点点头：“今天晚上他们都不在，是我们逃走的最好时机。”他指指虎口，“杨阿姨在这里植入了监控芯片，我启动它，杨阿姨就能知道我们在哪里。”

宋梓馨点头同意，跟随张凡走出工厂，一边走一边说笑。

杨真收到张凡体内监控芯片发出的信号，判断张凡在向他们移动。

宋春霞、戴里克凭借身上携带的先进设备，轻松看到一公里外物体的红外热成像，能感知次声波和电磁场。

他们和杨真、王鹏翔信息共享，相互配合，很快就靠近了张凡。

他们距离张凡半公里时，突然看到远处出现密集的手电筒光束，听到嘈杂的喊叫声。

“不好，有人追他们。”王鹏翔立刻和杨真交换手机，朝张凡的位置飞奔过去。超强的身体素质，让他几分钟就见到了张凡和宋梓馨。

“张凡，我是高科技犯罪侦查局警官王鹏翔，奉命和杨真来营救你们。她就在后面，我去拦住追赶你们的人！”

“王警官，他们都有枪。”张凡见王鹏翔身上确实有中国军人的特质，他又提到高科技犯罪侦查局和杨真，就选择信任他。

王鹏翔目送张凡、宋梓馨走远，从怀里掏出一个杯子，顺势一抖，变成斗篷，穿在身上。这是用碳纳米管材料制作的战训服，光反射率不足千分之二。穿上它，就会与夜幕融为一体，常人很难发现。

带头追上来的人，正是大卫。

张凡和宋梓馨在营地里转悠时，他并没有在意，因为每天晚上张凡都出来几次，然后回去睡觉。再者说，两个孩子，绝对不敢在夜里走进大山。

一个小时后，大卫巡视时，没有发现张凡和宋梓馨，感到不妙，就派人在营地里寻找。结果他们找遍每个角落，都没有找到张凡和宋梓馨。

大卫把手下人分成两组，循着两条路寻找。

一辈子生活在山里的成年人，脚力都不错，一个小时后，大卫带领的这群人，就发现了张凡和宋梓馨的踪迹，于是奋力追赶。

“扑通”一声，跑在最前面的人直挺挺地摔倒在地。

大卫举手示意手下人停下，他向左右看了看，蹲下身子，小心翼翼地查看手下的脸。那个人的下巴上，好像遭到重击，昏死过去。

“谁干的？”大卫举着手枪四下寻找，什么都没有发现。

“别怕，先不管他，抓人要紧！”大卫一挥手，继续往前跑。

又听见“扑通”一声，一个神军士兵一头扎到树下，手电筒在地上乱滚。

“真是活见鬼了！”大卫没有查看那个士兵，让所有人围拢在一起，背靠背地向前移动。

一个士兵的裤带突然开了，裤子落到脚踝。

两个士兵的小腿像被铁棍扫到一般疼痛，倒在地上抱着小腿惨叫。

3 个士兵好像被什么东西抓起，扔到路旁 10 米外的灌木丛中。

龟壳阵形瞬间就支离破碎。

剩下的士兵，纷纷蹲在地上，盲目地开枪。

两个士兵的肘部遭到重击，手枪飞出去。

宋春霞听见枪声，不管不顾地冲过来，见到宋梓馨，一把把她搂到怀里，久久不放，甚至忘记身处险境。

受到惊吓的大卫，从地上捡起一把 AK–47 突击步枪，转着圈地射出一梭子子弹。

一颗弹头，射入宋春霞的后背。宋春霞一把把怀里的宋梓馨推开，然后一头栽倒在地。她的胸部被弹头贯穿，两面都汩汩地流血。

宋梓馨见宋春霞推开自己，以为她生气了，爬起来哭着说：“妈妈，我错了，我再也不敢了！”

大卫击中宋春霞，激怒了王鹏翔。他把不能用枪的纪律忘到脑后，捡起地上的手枪，专打那些士兵的胳膊和大腿。

十几秒钟，包括大卫在内，都纷纷中弹，惨叫声在山谷里回荡。

杨真跑过来，见宋春霞中弹，立即脱下衬衫，包扎好她的伤口，然后背起她，拉着宋梓馨，奋力往回跑。

王鹏翔见大卫等人丧失战斗力，脱下战训服，把善后工作交给冲上来的暹国边境特种部队的便衣。便衣拿出卫星电话，呼叫秘密基地的人派车前来接应。

王鹏翔追上杨真，接过宋春霞。杨真背起宋梓馨，往大路上跑。

谁也没有注意，戴里克在什么时候消失的。

秘密基地的特种兵驾驶 5 辆车赶到，杨真和王鹏翔抱着宋春霞上了越野吉普车，张凡和宋梓馨坐第二辆越野车，率先赶往秘密基地。

秘密基地有一个医术不太高明的外科医生，有一个简单的手术室。

杨真把宋春霞抱上手术台，医生大致检查一遍，摇摇头，判断已经没有做手术的必要了。

失血过多的宋春霞，虚弱地指指宋梓馨，用微弱的声音说：“孩子——妈妈——对不起你——”

“你放心，我会把她安全带回国的。”杨真紧紧地握住宋春霞的手。

宋春霞也死死地抓住杨真的手，示意杨真离自己近一点儿。杨真俯下身子，把耳郭贴近她的嘴唇。

“你——一定——做她的监护人，照顾她——”宋春霞的话还没有说完，头便栽到一边，眼睛瞪得大大的。

杨真轻轻地伸出手，帮她合上眼睛。

宋梓馨麻木地站在宋春霞身边，眼里噙着泪花，不哭不喊。

杨真抚摸着宋梓馨的头：“梓馨，我们一起把妈妈带回家。”

当地那家妇产医院里，波刚派人把孕妇转移到安全地方，派边境特种部队里的女兵扮成孕妇躺在病床上。一些特种兵扮成医生、保安，一些特种兵潜伏在医院各个角落里，只待约翰前来。

约翰先派两个少年进入医院查看，没有发现军人和警察，就回去报告。

约翰放松警惕，命令一个少年把守一个医生办公室门口，医生出来就击毙；两个少年进入一间病房，控制里面的孕妇，把她们押到医院门口，然后劫持医院的车辆，把她们运往神军营地。

所有进入病房的少年，都被扮成孕妇的女特种兵制服。

守在医生办公室门口的少年，被走廊里的“清洁工”

缴械。

约翰、沙阳和郭晓宇在医院大堂里等了5分钟，发现楼上一点儿动静都没有，意识到不好，刚想往外跑，就撞到门口几个黑洞洞的枪口上。

他们退回来，发现身后全是持枪的医生。

波刚立即命人把约翰等人押回驻地，然后率领那些“孕妇”、特种兵，携带各种武器，乘坐医院里的车，奔赴神军营地。

神军士兵以为约翰得手归来，便把车辆放进营地。特种兵迅速占领神军营地制高点，不到半个小时，就把神军有生力量清剿干净，并炸毁了神军营地。

飞往北京的航班上，宋梓馨紧紧地抱着宋春霞的骨灰盒，挨着杨真坐着，眼睛一直盯着窗外。

杨真看着呆若木鸡的宋梓馨，思考着宋春霞临终遗言。以前，宋春霞都不让她见到宋梓馨，临终前为什么要她做宋梓馨的监护人呢？

“梓馨，你什么时候认识沙阳的？”杨真轻声问道。

宋梓馨如实讲述。在网络上，她先结识了郭晓宇，抱怨家长的共同话题让他们成为知己。郭晓宇经常提到沙阳，把他玩弄成人于股掌之中的传奇故事说得神乎其神，让她对沙阳顶礼膜拜。后来得知沙阳要在暹国建立儿童的乐园、少年的天堂。在那里，没有家长管束，不用学习和考试，自己想做什么就做什么，让她心生向往，便决定跟沙阳去那个摆脱一切烦恼的地方。

到达神军营地之后，她才意识到自己被沙阳利用了。沙阳把她视为赚钱的工具。在那里，什么都在别人的控制之下，根本不是她想做什么就做什么。

杨真把手搭在宋梓馨的肩上："梓馨，妈妈是个好人，只是用错误的方式爱你而已。以后你和阿姨一起生活，阿姨保证让你成为世界上最聪明、最幸福的孩子。"

戴着手铐的沙阳和郭晓宇，手腕上搭着衣服。他们都闭着眼睛，不知道是真睡还是装睡。

张凡和王鹏翔坐在一起，低声聊天。

飞机落地时，高科技犯罪侦查局、公安局的领导，带领一批警察接机。江志伟也站在人群中，神情复杂地盯着舱门口。

办完交接手续，杨真、宋梓馨和江志伟回到家里。不知道宋梓馨是疲劳过度，还是突然放松，回家之后就睡着了。

江志伟久久没有说话。

杨真也不知道说什么好，便坐在一旁陪他沉默。

半晌，江志伟突然轻声说道："梓馨是试管婴儿，但不是我的原因。"

杨真看了看江志伟："为什么强调不是你的原因呢？"

江志伟说："我们结婚之后，迟迟没有孩子。她说是她的原因，便建议人工受孕。我想不明白的是，受孕手术并没有选择最好的医院，而是她联系的一家不知名的公司。梓馨出生后，所有表现都异于正常孩子，我怀疑她在梓馨基因上动了手脚。我和她离婚，不是因为教育理念不合，而是因为这件事儿！”

杨真大吃一惊：“她什么要这么做呢？”

“她希望她的女儿，是中国，甚至是世界上智商最高的人。”

杨真摇摇头：“何苦呢？何必呢？”

“面子。”江志伟长叹一口气，“在她看来，女儿就是第二个她，她不允许第二个自己存在瑕疵。”

杨真的手机铃声响起，韩艳打来电话。

“杨处，一定要给沙阳安排一次智力检测吗？”

“对，换成最新版本，避免他钻漏洞。”

“他现在大小便失禁，应该不是装的吧？我们所有人都认为，他不仅是临界低智，而是智力深度缺陷！”

“怎么可能？我马上过去！”

科学少年三部曲 · 第 1 部　完

注释一：“临界低智”是表示智商等级一个名称。

注释二：百忧解，一种常见的抗抑郁症药物。

注释三：“神军”的素材来自缅甸民族地方武装“上帝军”。